Einaudi. Stile Libero Big

Dello stesso autore nel catalogo Einaudi

Teneri assassini
Romanzo criminale
Nero come il cuore
Nelle mani giuste
Onora il padre
Il padre e lo straniero
La forma della paura (con M. Rafele)
I Traditori
Giudici (con A. Camilleri e C. Lucarelli)
Io sono il Libanese
Cocaina (con M. Carlotto e G. Carofiglio)
Giochi criminali (con M. de Giovanni, D. De Silva e C. Lucarelli)
Nell'ombra e nella luce
Suburra (con C. Bonini)
La notte di Roma (con C. Bonini)
L'agente del caos
Io sono il castigo
Tre passi per un delitto (con C. Cassar Scalia e M. de Giovanni)
Un cuore sleale
Il suo freddo pianto
La Svedese
Colpo di ritorno

Giancarlo De Cataldo
Il bacio del calabrone
Un caso per Manrico Spinori

Einaudi

www.einaudi.it

ISBN 978-88-06-25980-8

Il bacio del calabrone

1.

La serata era cominciata male per Manrico Spinori. Su invito del sovrintendente Luci, aveva assistito alla prima di una nuova edizione della *Traviata* di Giuseppe Verdi. La regia scolastica di un lituano che andava incomprensibilmente per la maggiore e l'intollerabile sovrabbondanza di pizzi, trine e crinoline lo avevano messo di cattivo umore. Nemmeno il cast, di buon livello, era riuscito a compensare la pretenziosità dell'insieme. Eppure, i battimani non erano mancati. Mentre cercava con fatica di guadagnare l'uscita del Teatro Costanzi, Manrico si domandava se non stesse diventando uno di quei melomani inaciditi ai quali non va mai bene niente. Era a due passi dalla sospirata libertà di una fresca sera di aprile quando Luci, distaccandosi da un gruppetto di entusiasti dall'inequivocabile aspetto di gentiluomini nordeuropei, lo prese sottobraccio.

– Manrico! Ti unisci a noi per la cena, naturalmente.

Non ebbe cuore di sottrarsi. Durante il tragitto verso la meta, fu costretto a mentire spudoratamente: sí, lo spettacolo gli era piaciuto, la messa in scena era entusiasmante, le voci impareggiabili... L'espressione perplessa del sovrintendente, però, la diceva lunga sul suo talento di attore.

E cosí, scortato da una hostess in tailleur nero e dal sorriso raggelato, si ritrovò a un tavolo rotondo da dodici, nell'immenso salone del Laboratorio del Teatro dell'opera. Da qualche anno, in occasione di eventi particolari, il Laboratorio veniva usato per la cena di gala, riservata a una ristretta selezione di invitati. Mentre Manrico prendeva posto scambiando un rapido cenno di saluto con l'unico ospite già accomodato – un gran bel giovane dall'aria slava – notò, sul lato opposto a quello illuminato dalla luna che irradiava dai vasti finestroni affacciati sul Circo Massimo, una passerella di una quindicina di metri. Aveva letto qualcosa a proposito di una sponsorizzazione dello spettacolo da parte di una casa di moda, ma non ci aveva dato peso. Che gli toccasse sorbirsi anche una sfilata? Si manifestavano, intanto, i commensali: era capitato in mezzo a un gruppo di vecchi tromboni. Si guardò intorno, disperato. Lo slavo girava in maniera ossessiva video col cellulare. Sí, la serata era cominciata davvero male, e rischiava di peggiorare sensibilmente. Camerieri muniti di vassoi si avvicinavano. Ne aveva già abbastanza. Si alzò in piedi di scatto, deciso ad abbandonare il campo e si scontrò con una giovane signora che stava per sedersi alla sua sinistra.

– Mi scusi, – mormorò.

– Piú che altro, – sorrise lei, – il suo slancio mi preoccupa. Il catering è cosí orrendo?

– Non saprei, – si schermí lui, colto di sorpresa.

– Be', io ho una gran fame, – tagliò corto la donna, e si accomodò.

Manrico, senza neanche sapere perché, si rimise a sedere. O, meglio, il perché gli era sin troppo chiaro. Riguardava la sua acuta sensibilità al fascino femminile. E lei ne aveva da vendere. Alta, capelli corti color mogano, occhi scuri e profondi di taglio orientaleggiante, indossava un abito verde, impreziosito da un'originale sciarpa bianca e nera. Aveva tre caratteristiche che non avevano mai lasciato indifferente Manrico: un collo stratosferico, una voce armoniosa e modulata, orecchie delicate dalle piccole punte irregolari. L'attrazione per il collo era dovuta a donna Elena, l'adorata madre: negli anni Settanta, in pieno delirio pseudorivoluzionario, improvvisati poeti avevano dimenticato per qualche ora i tumulti assembleari per dedicare a quel collo rime appassionate. Quanto alla voce, Manrico non avrebbe mai potuto innamorarsi di una donna che non ne possedesse una seducente. La cosa che piú lo attraeva, però, erano quelle orecchie. Gli ricordavano una miniatura persiana intravista in un museo, sottolineate dai versi di Ḥāfeẓ: «Queste zingare maliziose ci hanno portato via il cuore come fanno i turchi col banchetto del bottino».

– Cosa sta mormorando? – chiese la donna.

– Niente, niente, – rispose lui, porgendole la mano. – Manrico Spinori.

Lei ricambiò con una stretta sorprendentemente energica: – Vera Grant.

Manrico le presentò i tromboni, e si sprecarono i baciamano maschili e le occhiate torve delle rispettive signore. Il bel giovane dall'aria slava, invece, quando fu il suo turno, fissò con uno sguardo obliquo prima Vera e poi Manrico.

– Ci conosciamo, – disse, con una certa arroganza.

– Già, – ribatté lei, sullo stesso tono.

Le portate si susseguivano. Manrico piluccava distratto. La buona tavola non era mai stata una sua grande passione. Apprezzava la cucina, ma non esagerava. L'enfasi che il mondo contemporaneo riservava agli chef aveva ai suoi occhi un che di oltraggioso. Vera Grant, al contrario, sembrava gradire sia il cibo sia le bollicine. Fu lei a spiegargli il senso della serata.

– Vede quel signore dai capelli bianchi?

– Sí.

– È Tito Cannelli, il titolare dell'omonima maison. Sta per concludere la vendita a un fondo degli Emirati, i cui rappresentanti, come potrà notare, sono in alta uniforme...

Vera Grant indicò il tavolo d'onore. Vi sedevano il sovrintendente, il direttore d'orchestra, il suddetto Cannelli, un paio di dignitari arabi accompagnati da robuste guardie del corpo, e una donna dai capelli biondi raccolti in uno chignon fra i quali scintillava un vistoso diadema, impreziosito da diamanti.

– E lei?

– Irina Zed, la nuova direttrice creativa della maison nonché creatrice dei costumi di questa *Traviata*.

– Ah.

– Uhm, – sospirò Vera, e nei suoi occhi si accese un lampo di scaltrezza, – qualcosa mi suggerisce che non le è piaciuta.

– Diciamo che preferisco creazioni piú... moderne, mettiamola cosí.

– Be', mi ascolti: Maison Cannelli ha sponsorizzato questa *Traviata*, ma in cambio ha preteso che la realizzazione dei costumi fosse affidata alla signora Zed. Il teatro ha guadagnato una bella sommetta. E i capi resteranno qui.

– Sono costumi un po' antiquati, se mi è permesso.

– Oh, – rise lei, – ma Irina è antiquata!

– Siete amiche?

– Buone conoscenti.

Maison Cannelli, aggiunse Vera Grant, attraversava un periodo di grande prosperità. Negli ultimi anni era cresciuta ancora grazie al lavoro di Lorenzo Righi, uno degli stilisti attualmente piú accreditati.

– Un genio, mi creda. Guardi, è là... col nostro amico Jacky, – aggiunse, quasi infastidita.

Manrico seguí il suo sguardo. Jacky era il bel giovane

dall'aria slava, i cui capelli ricci creavano uno strano contrasto con la lunga chioma, chiusa in una coda di cavallo, dell'uomo che gli era accanto: circa trent'anni, barba alla D'Artagnan, giacca nera aperta sul petto glabro, gonna plissettata verde. E una sciarpa bianca e nera gemella di quella indossata da Vera.

– Originale, – commentò Manrico.

– Non mi dica che è uno di quelli che si scandalizzano per il gender...

Fu tentato di rispondere che con i quattro e passa secoli di depravazione familiare che si portava in eredità non era facile, per lui, scandalizzarsi. Se la cavò con un sorriso che significava tutto e il contrario di tutto.

L'elegante dama proseguí: – Dunque non le è piaciuto, lo spettacolo, – sembrava sinceramente incuriosita.

– E a lei?

– Non capisco l'opera. Avrei bisogno di qualcuno che me la spiegasse. Una specie di maestro. Un mentore.

Era stata una sua impressione o, pronunciando la frase, Vera si era chinata verso di lui e aveva abbassato la voce quel tanto da farla sembrare un soffio roco? Adelaide, la sua ex moglie, la donna piú in gamba che lui avesse mai incontrato, sosteneva che, come tutti i maschi, Manrico tendeva a equivocare i segnali lanciati dalle donne. Sino a quel momento della vita, però, lui riteneva di non aver sbagliato poi molto. Vera Grant aveva qualcosa, ai suoi occhi. E forse, chissà, anche lui a quelli di lei. In ogni caso, era bello immaginarlo. Del resto, Adelaide lo aveva lasciato, forse proprio perché era troppo in gamba per lui...

– Non è la sola, – sussurrò.

– Mi sta dicendo che sono prevedibile?

– Le sto suggerendo di abbandonarsi all'opera. È l'unico sistema per domarla.

– Lei è... cosa? Un musicista? Un musicologo?

– Un pubblico ministero.

– Oh, Jesus! – rise Vera, una bella risata franca, di gola. – Ma i pubblici ministeri non sono quelli con la barba lunga, le occhiaie e l'alone di sudore sotto le ascelle, che mangiano panini e hanno l'alito che sa di cipolla e... Mi scusi, a volte mi lascio andare.

– Non si preoccupi. Mi hanno detto di peggio.

– È per via delle radici, sa. Mio nonno è scozzese, viene dalla periferia del regno. Nel paesino dov'è nato, o distillavi il whisky clandestino o davi la caccia a quelli che lo facevano. Indovini lui da che parte stava?

– Quindi, lei è un po' bandita.

– A volte mi piace pensarlo...

Seguí un momento di silenzio. Manrico tornò a osservare il tavolo d'onore. L'anziano Cannelli stava raccontando qualcosa di spiritoso, visto che la signora Zed, accanto a lui, pareva deliziata e divertita. Gli arabi annuivano. Tutto sembrava svolgersi all'insegna della massima serenità. Vera arpionò al volo un cameriere che passava con una bottiglia, e si fece versare una dose generosa di bollicine. Manrico non si uní, aveva già bevuto abbastanza, per i suoi standard. Vera Grant gli disse che era nel giro della moda, ostentando una notevole falsa modestia: da uno dei noiosi commensali, Manrico aveva udito che la donna dirigeva «Absolute Fashion», canale telematico nonché rivista di grande successo.

– Suppongo che non la si veda di frequente a Roma.

– Vivo a Milano. Ma anche a Londra. E, nel caso se lo stesse chiedendo, a Roma di solito soggiorno in un piccolo *hotel de charme* non distante da piazza Navona. Sono etero e single. Per il momento.

Ancora quella voce che si abbassa. E quello sguardo che

penetra, quegli occhi che si fanno foschi... Esiste il colpo di fulmine? Il diavoletto sarcastico che albergava da sempre dentro Manrico si fece sentire: hai tenuto un catalogo dei tuoi colpi di fulmine, amico mio? No, grazie, era un piacere che riservava al Leporello di turno. Le luci si spensero. Un occhio di bue inquadrò il vecchio Tito Cannelli. Scoppiò un applauso.

– Grazie, grazie! Grazie a tutti e in particolare al sovrintendente Luci, che con la sua generosità...

– A quanto pare, ci sarà una sfilata, – sibilò Vera, mostrando un improvviso cattivo umore, – vorrei risparmiarmi la mesta cerimonia.

– Non deve scriverne per la sua... rivista?

– Ho già visto i video promozionali. Il new style di Irina: restituire la donna al suo ruolo di femme fatale, colei che accende il desiderio del guerriero. Mi aspetto che ripristini le stecche di balena e il guardinfante... Ho giú un autista, levo le tende.

– L'accompagno.

Vera Grant percorse il salone a passo di carica, scansando quanti incrociava col piglio di chi cerca lo scontro. Manrico la seguiva distribuendo sorrisi a mezza bocca ai conoscenti che intercettava lungo la via. Gli venne in mente un'altra osservazione ironica, questa di sua madre: «Ogni volta che un uomo va dietro a una donna rivivo antiche scene di caccia, mute di cani con la lingua penzoloni all'inseguimento della preda. C'è sempre qualcosa di canino, in voi maschi».

L'ascensore era di una lentezza esasperante.

– Manrico Leopoldo Costante Severo Fruttuoso Spinori della Rocca dei conti di Albis e Santa Gioconda... – disse Vera. – Che cosa si prova a sopportare il peso di un simile nome?

Gli sarebbe tanto piaciuto disporre di una risposta arguta, uno di quei motti di spirito brillanti che lasciano il segno. Ma non ne aveva. Il fatto è che il nome gli causava da sempre un notevole imbarazzo. E quando qualcuno lo pronunciava, in genere sforzandosi di tenere sotto controllo il sarcasmo, gli veniva voglia di abbandonarsi a una bella risata: ma sí, sfottete pure. Il contino Spinori non se la prende, anzi…

– L'ho googlata, – si giustificò Vera, inclinando la testa da un lato, con una smorfia buffa, quasi da bambina, – c'è scritto che qualcuno la chiama «il contino»…

Fu allora che a Manrico venne in mente una frase adatta alle circostanze.

– Una donna che indossa due gocce di Kyoto non ha bisogno di scusarsi.

Lei accolse la battuta con un sorriso incantevole. Si ritrovarono vicini. Pericolosamente vicini. L'ascensore si arrestò, infine, al piano. Manrico tenne aperta la porta, Vera ci si infilò scoccandogli un'occhiata furba.

– Molte mie amiche lo considererebbero un gesto sessista.

– E lei?

– Apprezzo lo stile.

Durante la discesa, Manrico sentiva su di sé lo sguardo penetrante della donna. Era come essere sottoposti a una prova. Ma nei modi dell'esaminatrice non era difficile percepire un non so che di benevolo, di incoraggiante. Si salutarono con una stretta di mano davanti alla Mercedes con autista che Vera aveva noleggiato per l'occasione.

– Ci sentiamo, dottor Spinori.

– Spero presto.

La vide andar via con una punta di rammarico. Forse avrebbe dovuto mostrarsi piú deciso, proporle di bere un drink insieme... Ma insomma, non poteva lanciarsi all'attacco cosí, dopo nemmeno un paio d'ore, quando ancora ci si dà del lei. No, aveva fatto bene a trattenersi.

E adesso la serata era finita. Nubi frettolose screziavano con il loro rapido andirivieni un gagliardo plenilunio primaverile. Non restava che recuperare la Hybrid dal vicino garage – dove, per essere accolto, aveva dovuto spendere il nome del maggiordomo Camillo, amico di un cugino di un cognato del gestore – e ritirarsi. Aveva mosso qualche passo quando per poco non fu investito da un Suv che, dopo averlo aggirato sfiorandogli una gamba, andò ad accostare a pochi centimetri dall'ingresso del Laboratorio; una manovra quasi omicida. Ne discese un signore di mezza età, con una valigetta da medico, che si precipitò all'interno dell'edificio. Intanto, notò Manrico, una certa agitazione aveva preso a pervadere gli Ncc in attesa accanto ai veicoli di rappresentanza. C'era chi si allarmava, e chi si attaccava all'iPhone digitando con furia. Dal portone uscirono, in tutta fretta, gli arabi, con al seguito la scorta. Montarono su due grossi fuoristrada neri e si dileguarono. Gentiluomini in smoking e dame in lungo invasero vociando l'androne. Che stava accadendo? Manrico rientrò nel palazzo. Si ritrovò faccia a faccia con un critico, suo buon conoscente.

– Ma che succede?

– Non lo so, ero appena uscito.

Manrico si avviò verso la tromba delle scale, e risalí sino al secondo piano. Ci arrivò col fiatone. Era decisamente fuori allenamento. Si affacciò alla sala dei ricevimenti: una piccola folla si accalcava animosa ai bordi del tavolo d'onore, impedendo la vista. Sulla passerella della sfilata stazionavano due modelle, esterrefatte. Luci aveva le mani fra i capelli. Manrico si fece strada e lo raggiunse.

– Cannelli... – mormorò il sovrintendente.

– Si è sentito male?

– Pare che sia allergico.

– Come sta?

D'improvviso risuonò un grido altissimo, e intorno a chi lo aveva emesso si creò un'istantanea zona di rispetto. Era Irina Zed, la bella direttrice creativa. Piangeva, disperata. Da dove si trovava, Manrico riusciva a scorgere solo la schiena del dottore che si alzava e si abbassava. Un massaggio cardiaco, dedusse il contino. Un inutile massaggio cardiaco. Pervenne, dall'esterno, la sirena di un'ambulanza. Il medico si sollevò, scuotendo la testa. Irina Zed continuava a singhiozzare.

– Non respira! – urlò una voce.

– O Signore!

Sopraggiunsero trafelati gli operatori del 118. A gruppetti, i restanti invitati lasciavano la sala, chi affranto, chi attonito. Manrico si avvicinò al tavolo d'onore. Cannelli era disteso per terra, immobile. Irina Zed si accasciò sul corpo inerte. Il medico la afferrò per le braccia e riuscí a staccarla, permettendo ai barellieri di fare il loro lavoro.

Poi un nuovo grido, sempre femminile.

– Aiuto!

Proveniva da un punto indistinto, a una decina di metri dalla scena madre. Una signora in abito cremisi smanacciava l'aria, cercando di scampare all'attacco di un nemico invisibile.

– Aah! Aiuto! Aiutatemi!

Un cameriere fu il primo a notare l'insetto. Una specie di grossa vespa ronzante, striata di nero e giallo, svolazzava intorno alla donna in cremisi. Era come nervosa, impaziente di attaccare. La donna probabilmente era stata scambiata per un cespuglio fiorito e si mise a correre verso l'uscita, lanciando urla angosciate. La bestia la inseguí per tre o quattro metri, poi cambiò rotta. Per qualche strana ragione, prese a volare in direzione di Manrico. Calò un silenzio irreale. Il contino ricordò la sua prima puntura d'insetto: aveva sette anni, era andato coi i genitori – suo padre Guglielmo era ancora vivo, al tempo – a trascorrere un fine settimana nella tenuta di famiglia a Magliano. Questa era la versione ufficiale. La verità era un'altra. La tenuta era finita nel calderone dei beni da utilizzare per saldare i debiti causati dalla ludopatia di donna Elena, e quel viaggio serviva a trattarne la vendita, anzi, la svendita, a un avido fattore del posto. Mentre passeggiavano, Manrico aveva importunato per scherzo un piccolo drappello di vespe che si stava inebriando di polline; due di loro erano partite all'assalto. Suo padre si era liberato agevolmente di quella che lo aveva preso di mira, lui non era stato altrettanto lesto. Aveva provato un dolore acutissimo al braccio e se l'era stropicciato d'istinto, facendo cosí a pezzi la vespa. Suo padre lo aveva elogiato. Il dolore era passato in secondo piano.

«Però la prossima volta, se vuoi evitare la puntura, fa' come hai visto fare a me», lo aveva ammonito.

Manrico se ne ricordò: quando l'insetto fu alla giusta distanza lo centrò con una potente «schicchera» di pollice e medio. L'animale andò a schiantarsi contro la spalliera di una sedia. Scivolò a terra. Ma non era morto. Si avvertiva ancora chiaramente il suo cupo ronzio. Manrico finí l'opera con una decisa pressione del tacco.

Appoggiato a una colonna, l'aria indifferente, lo stilista Lorenzo Righi fumava una sigaretta, in barba a ogni divieto.

II.

Approfittando della pausa di una noiosissima udienza dedicata a un complesso reato finanziario, Manrico riaccese il cellulare. Vera Grant gli aveva mandato un link. Manrico lo seguí. Un frammento di video, ripreso al Laboratorio teatrale, lo immortalava nell'atto di colpire al volo l'insetto. Vera aveva aggiunto una didascalia: «Niente male per uno che usa Perfecto Fino».

Seguiva faccina con occhiali da sole.

Come ci si comporta quando, al primo incontro, riconosci il profumo di una donna e lei ti fa capire che ha riconosciuto il tuo? Manrico era stato indeciso se cercarla. Però l'aveva pensata, e aveva pensato alla strana chimica che si era cosí rapidamente instaurata fra loro. E adesso questo messaggio. Ma non si erano nemmeno scambiati i numeri di telefono! Magari lei lo aveva recuperato da un conoscente comune? Manrico esitò. Poteva cavarsela anche lui con una faccina. Lasciar cadere la cosa. Oppure… Vera gli piaceva. Gli era piaciuta al primo sguardo. E gli era parso di capire che anche lei avesse provato una certa, istintiva attrazione. Ma come regolarsi con la sua complicatissima vita sentimentale? Maria Giulia, con la quale pure era stato sicuro, sino a poco tempo addietro, di intrattenere un rapporto serio, non rispondeva ai suoi messaggi. Il viaggio in Giappone, che avrebbe dovuto suggellare la ritrovata armonia, si era rivelato un disastro. Poco prima di imbarcarsi, a Fiumicino, si erano imbattuti in Stella Dubois, l'avvenente collaboratrice del medico legale Gatteschi con la quale Manrico aveva avuto una fugace storiella qualche mese prima. Maria Giulia aveva intuito la situazione. E si era chiusa come un riccio. Un caso di gelosia retroattiva, o semplicemente lei, per prima, non era convinta? Sta di fatto che dopo una decina di giornate da incubo erano rientrati, quasi senza rivolgersi la parola, a Roma. E ora anche lui aveva smesso di cercarla. Secondo Camillo, il suo impareggiabile maggiordomo, lei non era quella giusta.

– Ho letto la noia nei tuoi occhi, Manrico, quella prima volta che ha dormito qui –. E Camillo riservava il «tu» solo ai momenti decisivi.

«Ciao Vera. Hai tempo per un caffè?» digitò, infine, e dopo un'altra breve esitazione premette il tasto blu dell'invio. Passò in ufficio per depositare la toga.

La sua squadra era al lavoro. Sandra Vitale stava completando una relazione di servizio su un caso di frode informatica. Gavina Orru compulsava i tabulati di un presunto stalker. Mancava Cianchetti; Brunella, la segretaria, posò il lucidalabbra che si stava passando con cura, e lo informò che l'ispettora tatuata era al poligono.

– Il procuratore Melchiorre l'aspetta nella sua stanza, – aggiunse poi, con uno dei suoi eterni sospiri fra il languido e l'insoddisfatto.

Il procuratore lo accolse con un abbraccio e un cioccolatino al rum.

– Tu l'altra sera eri all'opera, vero? Ho visto il video di te alle prese con quell'ape... Divertente.

– Sembrava piú grossa di un'ape, – lo corresse Manrico.

– Va bene, va bene. La sera che è morto lo stilista, no?

– Non era uno stilista. Era il padrone della casa di moda.

– Ma quanto sei pedante! Senti, hai notato qualcosa di strano?

– A parte che un poveraccio ha smesso di respirare in un minuto scarso, no.

– Perché… Stammi a sentire, – e la voce del procuratore assunse il tono circospetto che, di solito, preludeva a una rivelazione scottante, – secondo il medico necroscopico c'è qualcosa di poco chiaro…

– In che senso?

– Non lo so io, e non lo sa neanche lui, ma… Dice che il corpo ha segni strani.

– Strani come?

– Non lo so, ti dico, – Gaspare era sprofondato nell'ampio divano di velluto che troneggiava al centro del suo spazioso ufficio, – io di questa storia non so un bel niente. Sui giornali se ne parla, chiaro, il morto era uno famoso. Chi lo conosceva dice che era allergico a un migliaio di componenti, cibo, pigmenti, erbe… Boh… Comunque, il medico necroscopico ci chiede l'autorizzazione. A quanto pare, questo Cannelli aveva un nipote che vive dall'altra parte del mondo, in Nuova Zelanda, è stato avvertito, aspettiamo che arrivi in Italia nei prossimi giorni.

– Si può fare senza.

– Come? Senza consenso dei familiari? Mica siamo in presenza di un reato!

– Nel caso di persone decedute senza assistenza medica e trasportate in ospedale ovvero in obitorio, – recitò Manrico, – il cadavere è sottoposto a riscontro diagnostico ai sensi della legge 15 febbraio 1961 numero 83.

– E certo, certo…

– Se vogliamo toglierci lo scrupolo, possiamo farlo adesso.

– Sei sempre stato un gran secchione, – si lasciò scappare il procuratore. Poi, illuminandosi, aggiunse: – Hai capito perché ti voglio tanto bene e mi fido di te, Manrico?

Manrico non rispose, si limitò a un mezzo sorriso. Ho capito perché sei arrivato dove sei, avrebbe voluto rispondergli, e perché salirai ancora. Ma non ti invidio le qualità «politiche». Spero solo che tu riesca a non sporcarti troppo le mani.

– Se è tutto…

In quell'istante gli giunse una notifica sul cellulare. Vera gli faceva sapere di preferire il gin tonic al caffè. Allegata al messaggio, una mappa con le indicazioni per raggiungere un locale. L'appuntamento era per l'indomani. Manrico intascò il cellulare, con aria apparentemente neutra. Ma il procuratore aveva la vista lunga.

– Una delle tue fiamme, amico mio?

– Stammi bene, Gaspare.

– Pedante, ma, come si dice, ogni lasciata è persa, eh?

E qui il contino si ritirò, scuotendo la testa. Non aveva mai amato quel genere di complicità maschile.

A tarda sera, Gaspare Melchiorre gli comunicò che l'autopsia aveva confermato che Tito Cannelli era morto in seguito a uno shock anafilattico.

– Era allergico, lo sapevamo.

– Ma non immaginerai che cosa ha provocato lo shock.

– Cioè?

– Punture d'insetto, – scandí il procuratore, dopo una piccola pausa teatrale, – forse quello stesso che si vede nel video. E prima che tu faccia lo spiritoso, sí, non era un'ape, era un insetto grosso e cattivo, una vespa, o un calabrone. Quel poveretto è stato sforacchiato…

– Allora, – sorrise Manrico, – il colpevole non è sfuggito alla giustizia.

– E comunque, – Melchiorre rivendicò l'ultima parola, – morte accidentale a tutti gli effetti.

III.

Individuato il colpevole nell'insetto, come riportato da tutti i social, si poteva dichiarare il caso chiuso.

Caso chiuso? Qualcuno non era d'accordo.

Dopo una giornata nervosamente incolore, Manrico si stava preparando per raggiungere Vera Grant quando ricevette un WhatsApp dal procuratore: «Vai su 'NDOSPIOSPIO e poi chiamami subito». Guai in vista, tenuto conto del tono perentorio. Accese il Pc e digitò il link che Gaspare Melchiorre gli aveva mandato.

'NDOSPIOSPIO era un sito scandalistico, notoriamente ben informato. Si avvaleva per i suoi scoop di una rete di informatori disseminati sul territorio, una specie di servizio segreto del gossip molto efficiente. Nei pezzi di 'NDOSPIOSPIO si alternavano veri e presunti scandali politici, stoccatine a questo o a quel potente di turno e foto ammiccanti di procaci soubrettine. L'impianto narrativo oscillava fra l'apologia del libertinismo – una versione pecoreccia del «chi vuol esser lieto sia» con rimandi al goliardico *gaudeamus igitur* – e l'agguato canagliesco al bersaglio designato. Stavolta però il materiale, Manrico dovette ammetterlo, era di un certo rilievo. Si trattava di un video. Qualcuno lo aveva girato la domenica precedente, durante la famigerata soirée al Laboratorio teatrale.

Immagine mossa, a tratti sfocata, ma l'audio si percepisce con chiarezza. Il formato è verticale. La prima inquadratura mostra Tito Cannelli. Fa una certa impressione vederlo vivo e rubizzo sullo schermo, ignaro di ciò che fra non molto gli accadrà. Indossa lo smoking, si volta, come se si fosse accorto all'improvviso di essere seguito, e apostrofa con aria indignata un giovane che si intravede alle sue spalle.

Prima ancora di intuirne il viso, Manrico riconobbe Lorenzo Righi, nella sua eccentrica tenuta da guru dell'alta moda.

CANNELLI Che fai? Mi segui?

RIGHI Dobbiamo parlare, Tito.

CANNELLI Non abbiamo niente da dirci, Lorenzo.

RIGHI Non sperare di cavartela cosí, stronzo.

CANNELLI Sta' calmo o ti faccio buttare fuori a calci.

RIGHI Questa non è casa tua, signor padrone dei miei coglioni. Io sono stato invitato e…

CANNELLI E hai avuto la faccia tosta di presentarti.

RIGHI Tu e quella strega bionda mi avete pugnalato alle spalle!

CANNELLI Non metterti a piagnucolare, tesoro. Prendi la buonuscita e levati dalle balle.

Lorenzo gli si fa incontro, minaccioso. Alza una mano come per schiaffeggiarlo, e Cannelli d'istinto si ritrae. L'inquadratura resta fissa, chi riprende, è evidente, è nascosto e non vuol farsi scoprire. Lorenzo abbassa il braccio. Cannelli lo aggira, sembra cercare una via di fuga, e nel farlo si avvicina all'autore del video. Lorenzo si volta, la sua faccia ora è perfettamente visibile. Un ghigno crudele ne altera l'espressione.

RIGHI Non è questione di soldi, Tito. Tu sei una mia creatura. Ho preso questa maison che stava morendo e in cinque anni l'ho trasformata in un brand di valore mondiale. Con il mio genio, capisci, il mio genio! Senza di me, tutto questo…

CANNELLI Stammi a sentire, Lorenzo. Non nego che insieme abbiamo fatto tante cose…

RIGHI *Io* ho fatto, commendatore del cazzo, io! E mentre io facevo, tu pensavi solo a contare i soldi.

A questo punto, lo stilista afferra per un braccio Cannelli, che in un primo momento sembra non scomporsi. Ma un'ombra sinistra pare impadronirsi di lui. Manrico avvertí uno strano brivido, diffidenza mista a qualcosa di assai simile alla paura. La trasformazione di Cannelli è impressionante. Anche se Lorenzo è l'aggressore, lui appare in questi pochi secondi il piú pericoloso tra i due. Lorenzo si fa da parte. Cannelli si sistema la giacca. Ha capito che la fase critica è passata. Può andarsene dove gli pare, Lorenzo Righi s'è afflosciato. Cannelli esce dall'inquadratura. Lorenzo sospira, poi lo si vede sorridere. E infine, con il tono piú neutro di questo mondo, quasi indifferente, scandisce:

«Vai vai, faccia di merda. Tanto prima o poi ti ammazzo...»

Le riprese finivano cosí. Manrico chiamò il procuratore. Gaspare Melchiorre aveva un diavolo per capello.

– E che diamine! Ci stanno tutti addosso come una muta di cani!

– Che pensi di fare, Gaspare?

– Ma scusa, dovremmo pensare che quell'esaltato, come si chiama, Righi, si è portato in tasca un insetto assassino per ammazzare il suo ex datore di lavoro? Non sta in piedi!

– Certo che no, – rispose lui, d'istinto.

– Senti cosa faremo, Manrico. Tu incameri il caso e apri un fascicolo contro ignoti per omicidio. Ascolti un po' di gente, a partire da questo sarto, Righi.

– Lo considerano un grande stilista.

– Che c'è di grande nel vestire un maschio con una gonna plissettata?

– Non essere antiquato. E poi a molti piace. Le star di Hollywood, per esempio.

– Ma noi non siamo star di Hollywood.

– Infatti quelli come Righi non lavorano per noi, Gaspare.

– Vabbe', inutile discutere con te. Insomma, teniamo la cosa calda per una decina di giorni, giusto il tempo di far sbollire le acque, e archiviamo.

– Io ero lí, ricordatelo.

– Non c'è incompatibilità, lo sai.

– In effetti.

– Dieci giorni, non di piú, poi si archivia.

Manrico si prese del tempo per riflettere. Al Palazzo di Giustizia chiamavano Gaspare Melchiorre la «volpe argentata». Il sostantivo si riferiva alla proverbiale astuzia dell'animale, l'aggettivo alla chioma vezzosamente canuta dell'alto magistrato. Manrico e Gaspare si conoscevano da una vita. Erano stati grandi amici, sodali di una piccola e agguerrita consorteria di giovani giudici animati dall'ambizioso intento di cambiare la giustizia. Un obbiettivo che, vent'anni dopo, Manrico non sapeva se definire utopistico o soltanto velleitario. In ogni caso, qualche progresso c'era stato, per esempio sul terreno dei diritti dell'imputato, ma non erano mancati i passi indietro. Nell'universo giudiziario esistevano incrostazioni centenarie che, Manrico ne era ormai convinto, nessuno sarebbe mai riuscito a intaccare. Per quanta buona volontà ci si mettesse. Alla fine Gaspare si era adattato a meraviglia al sistema, e il sistema lo aveva premiato con una luminosa carriera. Restava comunque una testa fina e, a suo modo, uno dei pochi emissari del lato oscuro della Forza con cui era stato possibile intavolare un dialogo. Di recente, però, le cose fra loro erano peggiorate. L'amicizia si era molto raffreddata.

– Manrico? Sei ancora là?

– Faremo come dici, Gaspare, – concesse Manrico, infine. – Sempre che non esca niente…

– E che deve uscire? Non mettertici anche tu, per favore…

Probabile che Gaspare avesse ragione da vendere. Dovevano muoversi per stare appresso ai media, anche ai piú discutibili. A questo si era ridotto il loro lavoro! Eppure… Manrico ripensò alla serata. Si sforzò di rivedersi in mezzo a quella gente, in buona parte estranea. Di ritrovare le sensazioni, le percezioni che aveva provato, ammesso poi che sensazioni e percezioni avessero un senso, che non fossero soltanto materiale da romanzo giallo… Ma niente. Lui quella sera non aveva fiutato nulla di strano. E solo per un puro caso aveva giustiziato l’assassino volante.

IV.

Manrico non aveva mai sentito parlare di quel tipo di locale. Nessuna insegna, nessuna pubblicità. Licenza di pubblico esercizio, ma niente tessera.

– Per entrare bisogna essere conosciuti.

– E tu lo sei.

– La rivista ha mandato una mail e loro mi hanno risposto che ero la benvenuta.

– Questo posto, allora, è e non è segreto…

– *Speakeasy*, – spiegò Vera. – Fanno un minimo di selezione, giusto per evitare la maranza.

– La che?

– Come li chiamate voi? I coatti?

– Ha un nome questo posto?

– *Piperito*.

Erano a due passi da Campo de' Fiori, nella corte di un antico edificio che ricordava palazzo Van Winckel, la dimora degli Spinori della Rocca. Il locale era un seminterrato occultato da un'anonima porta a vetri. C'erano divani e moquette, arredo anni Sessanta, fonovaligia Lesa, scocche di Vespa, cartoline dei Beatles, un juke-box probabilmente funzionante, parrucche, un flipper con le lucine che brillavano, poster di Patty Pravo alle pareti. Chillout discreto per sostenere l'ambiente. Coppie in un paio di angoli. Un gruppo di ragazze e ragazzi in un altro. Manrico pensò che stava invecchiando. Di certo suo figlio

Alex conosceva questo e altri locali simili. Si ripromise di parlargliene. Vera ordinò un gin tonic. Manrico optò per un piú tradizionale Negroni.

Poi la donna impugnò il cellulare. Si fece di colpo seria.

– Hai visto il video?

Manrico annuí.

– Be', Lorenzo non farebbe male a una mosca, – affermò lei.

– Dal tono del video non si direbbe.

– Ti è mai capitato di perdere la pazienza?

– Aveva buoni motivi, secondo te, per perderla, questa pazienza?

– È stato messo da parte. Era furioso.

Furono serviti da un ragazzo con la coda di cavallo bionda.

– Perché *Piperito*? – gli chiese Manrico.

– Hai presente il *Piper*?

– Sí, ai miei tempi c'era già, – rispose lui, vagamente indispettito dal tono ironico dell'altro.

– Ecco, bravo. Diciamo che per noi è stata 'na specie de ispirazione.

– Ma il *Piper* esiste ancora!

– Embè? Noi semo una cosa diversa!

– Il *Piper* è un locale storico degli anni Sessanta, quello che lanciò Patty Pravo, – spiegò Manrico, dopo aver congedato il ragazzo con un gesto secco e deliberatamente arrogante (ogni tanto bisognava pur concedere qualcosa al sangue blu).

– Ne ho sentito parlare anch'io, – ironizzò lei.

Manrico allargò le braccia. I bicchieri si urtarono. Le gambe si sfiorarono. Camicetta rosa, pantaloni beige, lunghi orecchini che brillavano, soprabito in tono con motivi orientaleggianti. Piú zingara e piú maliziosa che mai, con il suo collo svettante. Vera gli disse di essersi trattenuta a Roma un giorno piú del previsto per confezionare un servizio meno banale sulla tragedia di Cannelli.

– Tornando al video e a Lorenzo Righi, Vera...

– Come ti spiegavo l'altra sera, l'azienda era sul punto di essere venduta. Ricordi i gentiluomini con la kandura intessuta con fili d'oro e i Rolex al polso?

– Gli arabi che sedevano al tavolo d'onore, certo.

– Loro. Be', Lorenzo ha preso in mano un'azienda morta e l'ha fatta brillare, l'ha trasformata in un brand di enorme valore, e sul piú bello il boss ha deciso di vendere.

– È una storia che ho già sentito.

– E una delle condizioni poste dagli arabi è stato proprio il licenziamento di Lorenzo Righi.

– Ma non ha senso!

– Altroché! È una scelta politica, signor contino. Gli arabi non sopporterebbero uno stilista come lui... Senti: Lorenzo, per la sua nuova collezione, proponeva una sfilata di maschietti con la barba da ḥezbollāh, ma in gonna e reggiseno...

– Un'idea geniale! – sorrise Manrico. – Avrebbe dovuto suggerirla al regista di quella insopportabile *Traviata*... E quindi ora gli subentrerà Irina Zed.

– Ammesso che la vendita si faccia davvero. Dopo quello che è successo, siamo in molti nell'ambiente a dubitarne.

– La Zed piace agli arabi?

– Lei piace a tutti.

– Mi pare di cogliere una nuance di scetticismo...

– Mah... È cresciuta all'ombra di Lorenzo, e poi...

– Poi sono arrivati gli arabi.

– Già. La linea culturale della maison cambia, a Lorenzo un bel calcione e lei sul ponte di comando.

– Che avrebbe dovuto fare, secondo te?

Vera restò per un po' pensierosa. – Forse hai ragione, – disse poi, – chiunque al suo posto... Considera che dovevano sposarsi.

– Ma chi?

– Irina e Cannelli.

Manrico era senza parole. Non voleva apparire antiquato, ma la differenza di età era davvero notevole.

– Funziona cosí nella moda?

Vera inclinò in modo vezzoso la testa da un lato. Il suo sguardo sembrava dire: sei davvero tanto ingenuo? Pensavi che fossero rose e fiori?

– Nel tuo mondo, invece...

Il contino annuí. No, non era un ingenuo, certo. Ma gli sarebbe davvero piaciuto esserlo. Ancora di piú gli sarebbe piaciuto non dover vivere in un mondo nel quale sei costretto a guardarti ogni secondo le spalle.

– Io credo che se gli arabi si ritireranno, Irina si inventerà qualche altra cosa. Certo, – Vera sospirò e buttò giú una sorsata del suo cocktail, – l'altra sera è stato spaventoso. Ma dimmi: tu mi sembravi molto colpito da... dal povero Cannelli.

– Come chiunque, no?

– Non dovresti essere abituato? Ai... Sí, insomma, alla morte, ai cadaveri... È il tuo mestiere, dopotutto.

Manrico sospirò.

– La morte improvvisa, che avviene davanti ai tuoi occhi, è qualcosa a cui non ci si abitua.

Una volta, il sospetto autore di un omicidio era stato fulminato da un infarto mentre Manrico lo stava interrogando. I soccorsi erano stati inutili. Il tipo aveva lasciato partire un gemito, si era portato la mano al petto ed era andato giú. Giú per sempre. Lui aveva provato un acuto senso di impotenza, e si era sentito in colpa. Non aveva certo condotto l'interrogatorio con metodi scorretti, no, e non era sua responsabilità se l'uomo era raggiunto da indizi consistenti che lo indicavano come il colpevole piú probabile. No. Niente di tutto questo. Ma gli era sembrato profondamente ingiusto che quell'uomo se ne fosse andato portando con sé, come ultima impressione della vita, lo sguardo severo del persecutore. Ciò lo rendeva comunque una vittima, chiunque fosse stato in vita e qualunque cosa avesse fatto. E rendeva Manrico un involontario complice di Torquemada.

– Be', – sussurrò Vera, – a Cannelli allora è andata meglio. L'ultimo volto che ha visto è stato quello di Irina. Sai, sei davvero un tipo sensibile. Quindi, insomma, – aggiunse, stemperando con un sorriso, – anche i magistrati hanno un cuore.

Nel dirlo, gli posò una mano sul braccio. Dita lunghe, smalto rosa, tenue, piccoli anelli all'indice e al mignolo. Manrico fu colto da un'improvvisa voglia di aprirsi con quella donna che, in fondo, per lui era una sconosciuta.

– Sarò anche sensibile, ma sono pieno di difetti.

– Dimmi il piú insopportabile.

– Sono infedele.

– Con... In amore, intendi?

– Nell'esistenza, in generale. Dopo un po' di tempo, ogni situazione mi immalinconisce. E dalla malinconia alla noia il passo è breve.

– Noia! – sorrise lei, colpita. – Ma non ti annoi della giustizia, no?

– Quello è lavoro, che c'entra.

– Dell'opera, allora.

– Touché. All'opera resterò sempre fedele.

– Dammi una ragione, ma una ragione seria, per non provare l'insano impulso di darmi alla fuga ogni volta che un tenore ciccione comincia a gorgheggiare...

– Te l'ho detto: abbandonati...

Lei finí il suo drink.

– Bene. Ci penserò su, signor conte. Ora devo andare.

– Ti accompagno.

– Meglio di no.

Vera si alzò rapida, gli depositò un casto bacio sulla guancia e quasi fuggí dal locale. Il ragazzo con la coda di cavallo tornò ad affacciarsi. La sua espressione era quanto mai esplicita: un misto di «lassa perde, zio» e «t'ha mannato in bianco, eh?» Manrico pagò con la carta di credito e per un istante coltivò il perverso piacere di un'irruzione della finanza con annessa verifica a tappeto di cassa, conti e via dicendo.

Ma fu solo un istante, appunto.

Piú tardi, sprofondato in poltrona con in sottofondo *I pescatori di perle*, opera dalle sublimi melodie e dal libretto infame, si domandava se non fosse stato retorico, se non avesse annoiato Vera con le sue chiacchiere. Se fosse giusto lasciarsi andare in quella maniera con una appena intravista. Lei gli mandò una serie di link su WhatsApp. Manrico ne aprí uno a caso. Era un video musicale. Un gruppo ignoto, esattamente come le artiste e gli artisti degli altri video, sette in tutto. Una piccola esplorazione dei gusti musicali di Vera. Il modo che lei aveva scelto per aprirsi, cosí come lui s'era rivelato, prima, nello *speakeasy*. Allora, con un po' di fatica, identificò i link con i video di cinque o sei arie famose, da *Casta Diva* a *Ebben? Ne andrò lontana*, aggiunse *Preludio e morte di Isotta* nella direzione di Toscanini e la sequenza di *Toro Scatenato* con l'Intermezzo della *Cavalleria rusticana* e glieli spedí. Con il cuore che batteva forte e una nuova emozione che si profilava all'orizzonte.

Camillo si affacciò sulla porta dello studio, che era rimasta aperta.

– Ci sarebbe del gelato, signor contino.

– Non chiamarmi cosí, quante volte devo dirtelo?

– Cioccolato fondente e stracciatella, i suoi gusti preferiti.

– Camillo, cos'è quel sorrisetto sardonico?

– Niente, signor... Niente, Manrico. Avverto nella signoria vostra, – flautò, dichiaratamente ironico, – una certa vibrazione che ben conosco.

– Ah, sí? Potresti essere piú preciso?

– Hai il sorriso di quando incontri una persona interessante. Una signora interessante.

– Taci, non mi seccar; vien meco, se non vuoi qualche cosa ancor tu, – scandí Manrico, con cipiglio grottesco, fingendo di volerlo battere.

– Non vo' nulla, signor: non parlo piú, – replicò il maggiordomo, schermandosi come da immaginari colpi.

E infine, ridendo entrambi di cuore, si avviarono al gelato.

V.

Manrico convocò la squadra nel suo ufficio, attese che Brunella portasse caffè per tutte e cominciò a spiegare con aria divertita. Il procuratore si era raccomandato di fare «ammuina», come avrebbero detto i suoi avi borbonici, e poi chiudere il caso. Quindi andava aperto un fascicolo contro ignoti. Ipotesi investigativa: omicidio. Arma del delitto: un grosso insetto, sfortunatamente giustiziato sul posto. Tuttavia, incapace com'era di prendere le cose alla leggera, il contino predispose il consueto piano di lavoro. Anche se era certo dell'inutilità di molte delle attività che di lí a poco avrebbe programmato.

Parte dello staff della Cannelli era momentaneamente presso la sede di Milano. Vitale si offrí di contattare i colleghi lombardi per la raccolta informazioni. Manrico rispose che preferiva recarsi sul posto di persona; le sue collaboratrici rimasero stupite, forse c'è uno spettacolo che merita alla Scala, pensarono. Non potevano sapere che il contino aveva questioni private da regolare dalle parti del duomo. Il magistrato disse a Gavina di inviare al suo medico legale di fiducia, il professor Gatteschi, le foto del cadavere che aveva ricevuto dal medico necroscopico.

– E ne mandi una copia anche al mio indirizzo mail, la prego.

– Rifanno l'autopsia? – s'informò Vitale.

– Gatteschi ci dirà se serve. Non che mi aspetti novità sconvolgenti, ma non è mai inutile approfondire… A proposito, Sandra, dobbiamo sentire Lorenzo Righi, quanto prima. Io chiederò al sovrintendente Luci un elenco degli invitati presenti alla festa al Laboratorio teatrale e cercheremo di prenderne a verbale quanti piú possibile. A tutti domanderemo se hanno scattato fotografie o fatto video, e ce li faremo consegnare. Per esempio, c'era un tipo, al mio tavolo, Jacky, un riccetto… Non si staccava dal cellulare, e riprendeva ogni cosa. Identifichiamolo e sentiamolo rapidamente. Poi… Orru, dobbiamo verificare le videocamere di sorveglianza e battere a tappeto i social per mettere le mani su eventuali altri video, foto, qualsiasi cosa possa risultare utile, insomma. E sarebbe bene scoprire chi è l'autore di quel video, quello con le minacce di Lorenzo Righi alla vittima.

– È un'autrice, – lo interruppe Gavina, – si chiama Violeta Balanescu. Una cameriera rumena assunta dalla società di catering per la serata. Aveva notato che i due, Righi e Cannelli, si guardavano male, si è incuriosita, si è nascosta e ha filmato tutto.

– Gavina, lei mi stupisce sempre, – la elogiò Manrico.

– Dottore, – rise la sarda, – se non fosse per quelli come lei io rischierei la disoccupazione. È tutto su Internet. Stamattina questa signora ha rilasciato un'intervista, indovini a chi?

– A 'NDOSPIOSPIO, – sospirò Manrico.

– Lo vede che quando ci si mette…

– Va bene, prendiamola comunque a verbale.

A quel punto Deborah Cianchetti si schiarí la voce e, con un'aria insolitamente remissiva, si offrí di affiancare il Pm nel sopralluogo al teatro. Sorpreso, e incuriosito, Manrico acconsentí.

Mezz'ora dopo erano sul posto.

I tecnici della Scientifica perlustravano il territorio, repertando tutto ciò che ritenevano utile all'indagine. Ben poco, a dire il vero. Le speranze di trovare tracce di un eventuale misfatto erano pari allo zero. Dopo un iniziale sbandamento – Manrico pensò che la magnificenza del salone d'onore l'avesse messa a disagio – Cianchetti sussurrò un «Do un'occhiata in giro» e si dileguò. Il segretario del sovrintendente condusse il magistrato negli eleganti uffici del capo.

– Il dottor Luci è in arrivo, la prega di aspettarlo qui, vorrebbe parlare con lei in privato. Nel frattempo, mi ha incaricato di consegnarle questo.

Era l'elenco degli ospiti della serata. C'era da mettersi le mani nei capelli. Ministri, sottosegretari, volti noti della televisione, giornalisti, critici, magistrati e ambasciatori; mancava solo il presidente della Repubblica, che per fortuna aveva disdetto all'ultimo. In compenso c'erano, come Manrico già sapeva, un paio di sceicchi con relative accompagnatrici e guardie del corpo.

– Li sentiremo a campione, – sospirò Manrico, – magari cominciamo da quelli che erano piú vicini alla vittima.

Il segretario si ritirò con un mezzo inchino. Manrico rimase solo nello studio. Sfogliò distrattamente il catalogo con gli ultimi spettacoli della stagione, lesse la locandina di una storica prima del *Trittico* pucciniano, e infine, visto che Luci tardava, andò in cerca di Cianchetti.

VI.

Ci mise un po' a rintracciarla. L'ispettora era una macchina da guerra, Manrico si aspettava di trovarla nel pieno dell'azione: interrogatorio di potenziali testimoni, raccolta di materiali, ispezione di luoghi. E invece Deborah Cianchetti se ne stava con l'aria sognante al centro di uno dei lunghi corridoi del magazzino costumi al primo piano. Fra un *Turco in Italia* e un peplo che, se Manrico non andava errato, la Callas aveva indossato in una storica *Norma*. Cianchetti carezzava con lo sguardo quei preziosi capolavori, adagiati su manichini che sembrava dovessero prendere vita da un momento all'altro. Manrico provò una certa tenerezza per quella ragazzona che si atteggiava a guerriera senza macchia e senza paura e che nascondeva insospettabili fragilità.

– Sono affascinanti, vero?

– Da piccola ero una tosta, sa? – sospirò lei, dandogli le spalle, – 'na specie de maschiaccio… Oh, se i compagnucci rompevano me sapevo difende. Con me i bulli non attaccavano, e le assicuro che in borgata ce stavano certi fiji de 'na… Insomma, Deborah è una che se fa vale', Deborah si se mette la gonna e provi a sbircia' te gonfia. Che poi, per dirla tutta, dotto', quella che a furia de mena' pizze se ritrovava colle mano gonfie ero proprio io… Finiva che nun ce provavano proprio, e manco questo è giusto, no?

– Ma?

– Come sarebbe «ma»? – qui Deborah si voltò, e il suo stupore era sincero.

– Quanto mi ha appena detto serve a introdurre un bel «ma». E quando, come lei adesso, si è in vena di confessioni, ciò che precede il «ma» è assolutamente inutile. Quindi, veniamo al punto.

– Il tutú, – soffiò, con un tono ispirato. – Sa, dotto', quello di tulle che si mettono le ballerine... Me lo sognavo la notte, il tutú. E come le invidiavo, quelle smorfiose che i genitori je pagavano la scuola de danza. 'Na volta me lo hanno chiesto, in ufficio, non mi ricordo se Sandra o proprio Brunella, me pare, e io ho detto che quelle col tutú mi facevano venire voglia di menargli. E loro mi hanno preso sul serio, che si sa com'è Deborah, no? Che pure mia madre, ce lo sa che diceva? Deborah: nun è roba per te, Deborah, lo vedi come sei fatta, grande e grossa, te sei 'n'animale da combattimento, mica 'na ballerina... E cosí so' finita a fa' la poliziotta, che manco quello j'è annato giú, a mi' madre...

Manrico sorrise. Individuò due telecamere di sorveglianza, invitò Deborah a seguirlo in un corridoietto laterale, e le mostrò un gruppo di costumi che riposavano in un angolo morto, non ripreso dalle telecamere.

– Cianchetti, qua tutú non ne vedo, ma io credo che se una valida ispettora di Ps indossasse, per un minuto o due, uno di questi magnifici costumi...

– Ma sta scherzando?

– Mai stato piú serio in vita mia! Vede? Questa dovrebbe essere una Dorabella. Vezzosa, non trova? E questa, questa è sicuramente un'italiana in Algeri. Questa, invece, uhm, sí, direi una «Traviata»... Sí, è proprio la riproduzione del costume disegnato da Tirelli per la storica edizione del '55 alla Scala, quella che ha cambiato la storia dell'opera.

– Addirittura!

– Sí, fino a quel momento Violetta era una cortigiana qualunque. Poi Visconti le fa lanciare via le scarpe col tacco, un gesto risoluto. La trasforma in una donna appassionata, e il pubblico freme, ora Violetta incarna la modernità.

– Se lo dice lei... A me l'opera m'è sempre sembrata 'na cosa... come posso di'? Antica? Senza offesa, eh!

– Cianchetti, – gli balenò d'improvviso un'idea, – ma lei è mai stata all'opera?

– Nel senso...

– Nel senso di assistere a uno spettacolo al Teatro dell'opera.

– Dove so' nata io, – rise lei, franca, – se se veniva a sape' 'na cosa der genere, sai gli sfottò...

– Le andrebbe di andarci?

– Boh, sí... No, ma... ma che davero?

– Davero, – rise anche lui, facendole il verso, – ho i biglietti per la pomeridiana di domenica.

– E considerato che l'ha già vista e manco j'è piaciuta...

– Per la verità, – ammise lui, – pensavo di andarci con una persona che... Diciamo che non è piú disponibile.

Lei lo fissò con un certo sospetto. Era 'n invito? Manrico intuí la situazione e si affrettò a rassicurare la donna.

– Può andarci con il suo compagno. Poi mi racconta.

– Dotto', sul serio, io...

– Su, avanti, provi uno di questi abiti! Io vado da Luci, a giocare al bravo inquisitore. Poi mi fa sapere dell'opera. Sarebbe un peccato sprecare due ottimi posti in platea.

VII.

– Stiamo facendo teatro nel teatro, – spiegò Manrico, stringendo la mano al sovrintendente Luci, che lo aveva raggiunto nel foyer, scusandosi per il ritardo dovuto al notorio traffico infernale di Roma.

– Ho dato disposizione di consegnare gli hard disk delle telecamere interne, dottor Spinori.

– Ottima idea, mi hai preceduto.

– Che tragedia, vero? Ma pensi che... Che ci sia qualcosa di strano?

– Non so che dire, – si difese lui, prudente, – siamo alle prime battute. Vedremo... Tu che puoi dirmi?

Luci abbassò la voce, sospirò.

– Io ero proprio accanto a Cannelli, ho visto quello che c'era da vedere.

– Su, avanti, – lo esortò Manrico.

– Sembrava tutto a posto, tutto tranquillo. A parte una certa tensione per via di Lorenzo Righi. Cannelli continuava a domandare chi lo avesse invitato.

– Già. Chi? Era stato appena licenziato, mi pare.

– Saperlo! – il sovrintendente alzò le mani. – C'erano due tipi di ospiti. Quelli del nostro cerimoniale e gli altri, tutti segnati in una lista che ci è stata fornita dalla Maison Cannelli.

– Sono stati loro, dunque.

– Ma si capisce! Io non avevo la piú pallida idea di chi fosse molta di quella gente, prima che la signora Zed mi proponesse l'evento.

– Bene. Torniamo a quella sera.

– Stava per iniziare la sfilata. Le prime modelle erano pronte sulla passerella. Irina Zed avrebbe dovuto illustrare in breve la nuova collezione; era accanto alla vittima e si stavano scambiando gli ultimi suggerimenti, credo. Di lí a pochi secondi era previsto che si irradiasse una di quelle irritanti musichette d'ambiente. Sai come vanno queste faccende… Nel nostro caso, una specie di fantasia su temi dell'opera. Non dirmi nulla, a volte bisogna concedersi un'escursione nel regno dell'orrido per poi risalire all'empireo. Comunque sia, a un certo punto il povero Cannelli ha lanciato una specie di grido strozzato, un mugolio, piú che altro, e ha preso ad agitarsi tutto.

Manrico ricordò il brutto insetto, la sua aria minacciosa. Doveva essere finito fra i vestiti dell'uomo. E lí aveva cominciato l'assalto mortale.

– Sí, – Luci proseguí nel racconto, – come un tarantolato, davvero. La signora Zed ha capito subito che la cosa era grave. Ha gridato che lui era allergico, allora qualcuno gli ha sbottonato il colletto, e qualcun altro ha cercato di alzargli i piedi. Cannelli ha pescato qualcosa nella tasca, un tubetto di pillole, immagino, e se ne è cacciata una in bocca. Si è creata una gran confusione, hanno chiamato un medico. Mentre quello arrivava, vedevo il povero Cannelli che si muoveva sempre piú lentamente, e respirava male. Ha mosso le labbra, come per dire qualcosa, o forse era solo il tentativo di sciogliere la pillola, chissà… Ma era chiaro che stava morendo. La signora Zed gli ha afferrato la testa fra le mani e… Adesso non saprei dire, ma…

– Su, coraggio.

– Ha accostato le labbra alle sue, come se volesse baciarlo, però non era chiaro se si trattava di un bacio o di un tentativo di rianimazione, per me era un bacio. Poi lui non si è mosso piú. È arrivato il medico, ma era troppo tardi. Non avessi mai accettato la proposta di Cannelli!

– A proposito: perché lo hai fatto?

– Perché mi sono piegato a una mediocre *Traviata* tradizionalista? Perché in cambio i modaioli mi hanno versato quel che serviva a chiudere il budget di *Da una casa di morti* di Janáček.

Manrico allargò le braccia, vinto dalla ferrea e inscalfibile pratica del do ut des.

VIII.

Al ginnasio, Vincenzo Contursi-Balladore lo chiamavano «Vivví». A causa di un lieve difetto di pronuncia che la naturale crudeltà degli adolescenti non mancava di enfatizzare. Lui non era quel che suole dirsi un buon incassatore, e nemmeno un tipo spiritoso, a essere onesti. Se la prendeva, e tanto. Diventava tutto rosso, la balbuzie si accentuava, allora sfidava apertamente i prepotenti, ma siccome era mingherlino e sgraziato le buscava pure. Manrico, invece, era rispettato. Nessuno osava piú prendersela con lui da quando, la prima settimana di scuola, aveva spaccato una cassetta di frutta in testa a un energumeno di seconda liceo che pretendeva di portargli via la colazione. E poi, per quanto lo si potesse sfottere, alle spalle, per le origini e per quell'eleganza un po' démodé di certi abiti – la giacca era dello zio marchese di San Cipriano, e i pantaloni alla zuava ti stanno d'incanto, ragazzo mio (donna Elena aveva sempre una spiegazione pronta) – il contino aveva una bella casa, invitava volentieri, e le ragazze gli ronzavano intorno come api col miele, quindi uscire con lui significava rimorchio garantito. Perciò, quando Manrico fece capire che non avrebbe tollerato altri episodi crudeli ai danni del povero Vivví, i bulli decisero di lasciarlo perdere e si dedicarono a un nuovo diversivo. Era nata cosí un'amicizia.

Col tempo Manrico e Vincenzo si erano persi di vista.

Ogni tanto si scambiavano gli auguri di Natale. Ma se s'incontravano, il passato che li aveva legati riaffiorava, ed era come se si fossero lasciati appena un'ora prima. Manrico andò a trovarlo nel laboratorio di entomologia della Sapienza, corso di laurea in Scienze naturali, del quale l'amico era direttore. Vincenzo era oggi un uomo di successo, uno dei massimi esperti europei di insetti. Aveva messo su un po' di pancetta e perso i capelli. Sfoderava un sorriso da barone. Non si era mai sposato. Di tanto in tanto lo si vedeva in qualche apparizione televisiva. Stritolò Manrico in un abbraccio sincero, poi il magistrato gli mostrò le foto del cadavere.

– Sono immagini forti, Vince', se non te la senti...

– Da' qua...

Contursi-Balladore quasi gli strappò di mano l'apparecchio. Esaminò le istantanee, cercò di ingrandirle per quanto possibile, bofonchiò qualcosa, infine s'illuminò, i suoi occhi acquosi brillarono di autentica felicità. Non solo non era inorridito, ma sembrava addirittura felice.

– Fantastico! – urlò, brandendo il cellulare come una spada. – Fa-fa-fan... Scusa, quando mi e-e-emoziono ritorna il ve-ve-vecchio Vivví...

– Lo sai che quell'insetto l'ho giustiziato io? Era grosso, inquietante.

– È ve-vero. Vieni con me!

Attraversò a passo di carica il laboratorio, in quel momento deserto, strusciò il badge sul sensore di una porta che sembrava blindata, la aprí, esortò Manrico a seguirlo. Il contino non poté trattenere un'espressione fra spavento e ammirazione. Era una specie di magazzino, luci soffuse, scaffalature, teche di vetro spesso. In ogni teca, un mondo. Anzi: un micromondo. Un universo popolato da decine, centinaia di insetti. Api, formiche, cimici, farfalle, scorpioni, libellule... e specie mai viste, dall'aspetto ora leggiadro, ora spaventoso.

– Benvenuto nel mio piccolo regno, Manrico.

– È incredibile! Serve per... Fate esperimenti, qui?

– Studiamo, per lo piú. Qui dentro, – aggiunse Vincenzo a voce piú bassa, – c'è la spiegazione del perché non mi sono mai sposato. Non potevo permettermi la poligamia. Amo troppo i miei piccoli amici. Vieni...

Doveva esserci un impianto di aerazione che manteneva costante la temperatura. Nessun suono proveniva dall'interno dei contenitori. Ma quegli insetti erano vivi. Brulicavano di vita. Vincenzo Contursi-Balladore si avvicinò a una teca lunga e stretta. Dentro c'era una specie di cespuglio. Intorno al cespuglio danzavano centinaia di insetti dalle striature nere e arancione.

– Ti ricorda qualcosa?

– Sembra proprio lui!

– O lei. Controlliamo meglio.

Il professore spremette delle gocce da un dispenser e si bagnò a fondo le mani. Un acuto odore d'aglio si sprigionò nell'aria.

– Detestano l'aglio, – ridacchiò, – come i vampiri...

Poi fece scattare un invisibile meccanismo, e dalla parte superiore della teca si sollevò un tassello, aprendo un piccolo spazio. Alcuni insetti piú audaci si erano approssimati all'apertura. Vincenzo agitò la mano odorosa di aglio e quelli si ritrassero, ripiegando verso il cespuglio. Con un movimento rapidissimo del polso il professore afferrò un insetto. Lo tenne nel pugno serrato e con l'altra mano richiuse la botola.

– *Vespa mandarinia*, altrimenti detta calabrone gigante asiatico, – disse, aprendo il pugno. La vespa sembrava stordita, incapace di muoversi.

– È lei, – confermò Manrico.

– Ovvio. Ho riconosciuto subito i segni. Questa piccola canaglia è decisamente piú lunga di una vespa normale, e anche il suo pungiglione è piú lungo. Circa sei millimetri. Poi, è un pungiglione... come spiegartelo... È una sorta di spada, non è legata a organi interni, quindi l'animale può pungere ripetutamente e non muore, ritira il pungiglione e riparte, *zac, zac, zac!*

Il professore sembrava in preda a un'autentica esaltazione. Sollevò l'insetto per le ali e lo avvicinò al contino.

– Non è una meraviglia?

– Sembra piuttosto minaccioso –. Manrico fece un passo indietro.

– Sei allergico?

– No, ma preferirei evitare un contatto diretto, se possibile.

– Be', se c'è qualcuno che si deve lamentare è quel poveraccio che hai schiacciato l'altra sera...

– Aveva appena ucciso un uomo!

– Non era sua intenzione.

– Ah, no? E qual era la sua intenzione?

– Cercava una via di fuga, tutto qui. Tu cosa avresti fatto di fronte a un essere vivente circa centottanta volte piú grande di te? E che cosa hai fatto tu, quando ne hai avuta la possibilità? L'hai schia-schia-schiacciato, no?

Davanti a quella logica inoppugnabile, Manrico alzò le braccia. Il professore riaprí la teca e vi depositò con delicatezza l'insetto. Quello, come niente fosse, scrollò le ali e andò a unirsi al resto dell'armata.

– Come fai? – chiese Manrico, sinceramente stupito, quando tornarono nel laboratorio.

– L'aglio, hai visto anche tu.

– Non basta. Quel calabrone se ne stava quieto sulla tua mano come... Come un gatto, chessò.

– È uno studio al quale mi sto dedicando a partire dalla mia esperienza, – ammise con un sorriso il professore, – e... Guarda, in parte ho sviluppato una certa insensibilità alle punture. A furia di frequentare i miei amici.

– Ti sei mitridatizzato.

– Sí, ma può sempre scapparci l'incidente. La verità è che... per l'altra parte sono nato cosí... Stiamo conducendo esperimenti con il laboratorio di genetica, immagino di non essere l'unico. Appartengo forse a una selezionata minoranza di esseri umani che...

– Immuni? – suggerí Manrico.

– Mah, direi di piú. È come se, a loro, io... e magari quelli come me... piacessimo. C'è qualcosa che neutralizza le loro difese naturali, il loro agire istintivo. Ma te l'ho detto, è materiale di studio.

– Da dove vengono queste vespe?

– Dal Giappone.

– E come ha fatto quell'esemplare a finire qui, a Roma?

– Be', semplice. Hai presente la globalizzazione? I viaggi? Le specie migrano, mio caro, è solo la nostra stupidità che pretende di fermarle. Qui la *Vespa mandarinia* si trova a suo agio.

– Dove?

– Nei tratti di campagna, che a Roma non mancano, negli interstizi di edifici disabitati, fra le aiuole di un giardino abbandonato che prospera rigoglioso e selvaggio... Pensa, – ridacchiò lo studioso, – che in Giappone le vespe le mangiano.

– Ma che dici? – il Pm era sbalordito.

– Si favoleggia di posti esclusivi in cui viene servito sashimi di calabrone gigante, – sussurrò l'entomologo, l'aria sognante. – Ma, a parte che di gigantesco c'è ben poco in una creaturina di pochi centimetri... In realtà friggono le larve, o le impastano con miele, riso, noci e uova per farci un «mochi», uno di quei dolci ripieni.

– Che orrore!

– Disse l'inuit della Groenlandia quando gli offrii un'ostrica! – concluse Vivví.

IX.

Quando, un'ora dopo, sul treno alta velocità per Milano, Manrico le raccontò dell'incontro con l'eccentrico entomologo, Deborah Cianchetti dichiarò che era assai piú probabile che l'insetto killer fosse penetrato nel Laboratorio durante un ordinario volo di perlustrazione, piuttosto che ce lo avesse dolosamente introdotto un misterioso assassino. Manrico si disse d'accordo. Erano seduti l'uno di fronte all'altra in una carrozza dell'area silenzio. Erano soli. Manrico aveva pagato di tasca sua i biglietti di prima classe: il doveroso pauperismo istituzionale avrebbe imposto una piú morigerata seconda. Ma di tanto in tanto, e con sempre maggiore frequenza negli ultimi tempi, al contino capitava di scendere a patti con le proprie origini. Quale Spinori della Rocca si sarebbe mai adattato a condividere, per dire, un calesse o la cabina di un transatlantico con un altro essere umano? La verità è che aveva sempre meno voglia di stare in mezzo alla gente. Tranne nei casi in cui era lui a porre le condizioni: chi, dove, come, quando e perché. Un riflesso della crisi con Maria Giulia? Le mandò l'ennesimo sms: «Sarò per qualche ora a Milano. Non pensi che dovremmo parlare di noi due?»

Cianchetti era immersa nel manuale on-line sul quale si preparava per l'imminente concorso interno da commissaria. Ma presto scivolò in un plumbeo dormiveglia. Ne aveva abbastanza della disciplina delle intercettazioni e dei termini per il ricorso in cassazione. La risvegliò il suono di una notifica. Manrico aveva ricevuto un WhatsApp e se lo stava rimirando, con un'espressione perplessa. Roba di cuore, concluse la poliziotta, reprimendo a fatica un mezzo sorriso.

Si registrarono nelle due stanze che lui aveva prenotato all'*Hotel Manin*. Grazie all'ora legale, erano riusciti ad approdare all'albergo a un orario civile, fuori c'era ancora luce. Mentre aspettavano il taxi che li avrebbe condotti alla sede centrale della Cannelli, Deborah chiese chi fosse quel tizio con la macchina da scrivere a cui avevano dedicato una statua.

– Indro Montanelli.

– Ah, ne ho sentito parlare. Un giornalista famoso, no?

– Giornalista, scrittore... e tante altre cose.

– Be', a qualcuno non deve stare simpatico...

L'ispettora indicò i due cartelli artigianali piantati ai piedi della statua. Traboccavano di ingiurie.

– Il personaggio era controverso, – spiegò Manrico, – o, come diremmo oggi, divisivo.

Arrivò il taxi. Cianchetti smanettava con l'iPhone. Lesse una sintetica biografia di Montanelli.

– Ma qua dice che stava co' una bambina de dodici anni!

– Al tempo non era proibito.

– Sí, ma nun se po' guarda'.

– Impossibile darle torto, Deborah.

Il percorso fu davvero breve, dieci minuti, e con un paio di giravolte che lasciavano intendere come, a piedi, sarebbe stato ancora piú breve. Informazione buona per una prossima occasione. A Milano la Cannelli disponeva di una luminosa palazzina d'impianto liberty. Tre piani: a livello stradale, un centro vendite ed esposizione con qualche elegante modello in vetrina; negli altri due piani, uffici amministrativi e laboratori creativi. Gli investigatori venuti da Roma erano attesi. Un erculeo uomo di colore – il completo nero da mafioso russo stentava a contenerne la massa muscolare – li scortò al terzo piano.

– Ahò, – trovò modo di commentare, sottovoce, Cianchetti, – ma li scelgono apposta, dotto'? Pure a Roma, si ce fa caso, nei negozi del centro la sorveglianza la dànno a 'sti armadi de colore...

– Strategia della sicurezza, – rispose lui, sullo stesso tono, – è dai tempi delle fiabe che siamo abituati a temere l'uomo nero.

Come convenuto, Deborah avrebbe cercato di farsi un'idea della situazione sentendo quante piú voci possibili.

Manrico si era riservato Irina Zed.

– La aspettavo, giudice.

Mentre si inchinava appena e le stringeva la mano – una stretta decisa, una mano morbida, che denunciava un sapiente rapporto con le creme –, Manrico si rese conto che né i video e le foto compulsate in rete, né la sua stessa memoria della tragica serata, rendevano giustizia a quella donna. Era piú che bella. Una magnifica bellezza dell'Est.

Manrico colse una vaga somiglianza con Vera Grant: ma forse dipendeva dal fatto che Vera si stava a poco a poco imponendo ai suoi pensieri. Irina aveva zigomi alti, occhi grigi, all'apparenza sognanti, attraversati da pagliuzze dorate. Portava i capelli biondi raccolti in una meticolosa crocchia. Gli fece venire in mente la Tat'jana invano amata da Evgenij Onegin, l'instabile dissipatore di Puškin sublimemente musicato da Čajkovskij. O anche, per una volta fuori dalla lirica, l'ammaliante bellezza chirghisa di Claudia Chauchat, che nella *Montagna magica* di Thomas

Mann accende di passione il cuore febbricitante di Hans Castorp. Qui non si era alla corte decadente degli zar, e nemmeno nel sanatorio per ricchi governato dall'inflessibile Radamanto. Si era nel cuore pulsante della moda milanese. In un contesto investigativo fondato sul nulla ma alimentato da una nevrotica cagnara mediatica. Manrico faticò ad arginare il flusso disorganico dei pensieri. Irina Zed lo osservava con un'aria che lui non avrebbe saputo come definire: assente, inquieta, disillusa. Di una cosa però era sicuro: Irina soffriva. Ma si sforzava di mascherarlo.

– Vogliamo accomodarci? – disse.

La voce era sensuale, priva di accento. Presero posto ai due lati della scrivania di un vasto ufficio che piú milanese non si poteva: cromature, specchi, riflessi lucidi, forme squadrate, espositori; foto b&n di Irina in passerella; Irina e un assorto Lorenzo Righi, intenti a sfogliare presumibili ritratti di modelli o di creazioni.

– Ha chiesto di vedermi. Eccomi qui.

Una lieve impazienza nel tono. Manrico si schiarí la voce.

– Grazie per avermi ricevuto con cosí poco preavviso. In realtà volevo innanzitutto esprimerle le mie condoglianze.

– La ringrazio.

– E chiederle se, per caso, avesse notato qualcosa di strano, quella sera.

Irina scosse la testa e sospirò. Indossava un maglione nero di cachemire, e pantaloni dello stesso colore. Impreziosiva l'insieme una collanina a forma di croce coordinata con orecchini con il medesimo simbolo. Oro e lapislazzuli: un modo sobrio ed elegante per mostrare il lutto.

– No, niente di particolare, finché... non è successo.

– Le chiedo il permesso di registrare la nostra conversazione, preparerò un verbale, quando sarà di ritorno a Roma potrà passare nel mio ufficio per firmarlo.

– Faccia pure.

Manrico impostò il cellulare in modalità registrazione e le chiese di ricordare i fatti.

– Anche il dettaglio piú insignificante può essere utile, signora Zed.

– Tito era allergico a decine di cibi, ai pimenti, a certi colori, ai metalli pesanti… Ma non ci eravamo mai posti il problema degli insetti. Quando ho visto che stava male, ho subito capito che si trattava di una reazione a qualcosa, ma non immaginavo… Nessuno immaginava la causa. Abbiamo pensato… ho pensato a un errore nella scelta del menu, anche se eravamo stati di una precisione estrema, avevamo fatto recapitare alla ditta incaricata del catering una lista dettagliata dei cibi da evitare. Eppure…

Aveva il piglio, risentito e dolente, di chi non riesce a rassegnarsi a una perdita crudele, e soprattutto non si perdona di non aver fatto tutto il possibile. Che è un modo per esorcizzare la fatalità attribuendo colpe: un meccanismo classico.

– In uno dei video si vede il commendator Cannelli prendere una pillola.

– Cortisone. Il rimedio piú diretto in caso di attacco allergico. Una piccola compressa che si scioglie sotto la lingua. Non avevamo a disposizione l'adrenalina, ma chi andava a pensare…

– E non ha funzionato.

– A volte accade, – sussurrò lei, dopo una penosa pausa.

Manrico le chiese di parlarle di Cannelli. Lei lo definí «un vulcano».

– Aveva settantacinque anni e ne dimostrava almeno quindici di meno. Un giorno… eravamo a Venezia e percorrevamo uno di quei ponticelli secondari, lontani dalla calca, in un magnifico pomeriggio di primavera.

Lui si è fermato, si è inginocchiato e mi ha detto: Irina, vuoi sposarmi?

– E lei?

Irina sembrò abbandonarsi all'onda lieve della memoria.

– Io gli rispondo: guarda che se insisti ti prendo sul serio. E lui: ma io sono serio! E ripete: vuoi sposarmi? È accaduto tutto cosí in fretta... – chiuse gli occhi, vinta dalla commozione.

– Se preferisce riprendere in un altro momento... – si offrí Manrico, premuroso.

– Ora o piú tardi, – sussurrò Irina, – le cose non cambieranno. Abbiamo stupito tutti, comunque. Nessuno pensava che alla fine lui si sarebbe deciso. Non era mai stato sposato, si era sempre tenuto alla larga dai legami fissi... Non le dico le malelingue, ma può immaginarlo, la cacciatrice, la predatrice... E invece.

– E invece? – la incoraggiò lui.

– C'era un grande accordo fra noi.

A quattordici anni, raccontò Irina, aveva partecipato a una trasmissione di Mediaset, con tante altre ragazzine. Fra il pubblico c'era un agente della Maison Cannelli. Il suo compito era segnalare al capo, cioè a Cannelli in persona, volti e corpi, soprattutto corpi, potenzialmente interessanti. L'agente aveva notato quella bellezza acerba e spaurita. Nel giro di sei mesi era finita in passerella.

– E non mi sono piú fermata, si può dire.

Veniva da Černobyl', o, per esser piú precisi, da un posto vicino a Černobyl'. Ma questo si sapeva, era uscito su tutti i giornali, se ne era scritto sui social. I suoi genitori erano stati lentamente avvelenati dalle radiazioni. Era rimasta sola. I coniugi Santucci, romani di San Lorenzo, l'avevano adottata. Irina girò verso Manrico la foto incorniciata che teneva sulla scrivania.

– Questa specie di orso peloso che sorride, – spiegò, picchiettando con la lunga unghia smaltata di verde del dito indice, – era Roberto.

– Suo padre adottivo.

– Già, – sospirò, – il cuore lo tradí due anni dopo il mio arrivo. Non sapeva di essere cosí debole, povero Roberto. Lei era Marianna.

Una donna dal sorriso limpido, aperto. Due occhi neri incastonati in un volto non bellissimo, ma intelligente, interessante.

– Ha un'aria molto felice, in questa foto.

– Gliela feci io. Mi ha insegnato lei a usare la macchina. Era una grande appassionata, Marianna. Scattava foto meravigliose. Era davvero brava, sa? Non le sfuggiva nessun dettaglio.

– E anche lei…

– Investita da un automobilista pirata il 14 maggio di quindici anni fa.

– Posso capire quanto sia stato tremendo.

– Sul serio? Ne dubito, – replicò lei, con una punta di amarezza.

– Avevo nove anni quando mio padre è andato a schiantarsi contro un pino della via Aurelia, – disse il contino, con tono neutro.

Irina diede un colpo di tosse.

– Mi perdoni. A volte il dolore…

– Non si preoccupi, – si affrettò a dire Manrico.

Irina gli dedicò un sorriso luminoso. Nel fondo degli occhi grigi era passato un lampo oscuro. La memoria sa essere crudele.

– Inizialmente, – riprese l'ucraina, – mamma Marianna era scettica, se non proprio diffidente, riguardo a Tito Cannelli.

Le sembrava pericoloso, proseguí, per un'adolescente, accostarsi al mondo della moda. Poi si era trovato un accordo. Irina avrebbe proseguito gli studi, e nel frattempo le sfilate e tutto il contorno – interviste, spot, servizi fotografici – avrebbero garantito robusti introiti, utili anche a Marianna.

– Non ha mai navigato nell'oro, sa. Insegnanti, lei e Roberto. Gente per bene. Cattolici.

Poi Cannelli si era dimostrato un vero amico, dopo la morte della donna. Un fratello maggiore, un mentore. Irina aveva smesso di sfilare a venticinque anni. Cannelli le aveva trovato un posto in azienda.

– Ho iniziato dalla gavetta, qua dentro. Conosco tutti i passaggi del processo produttivo. Non sono… il genio che nasce con la verità nel Dna.

– Come Lorenzo Righi?

– Non intendevo questo, – s'irrigidí lei.

Manrico alzò le braccia, per scusarsi. Lei rispose con un cenno del capo. Il magistrato si disse che doveva essere piú prudente. Era chiaro che Irina aveva i nervi a fior di pelle. Era già stata sin troppo disponibile, ad accettare quell'interrogatorio. Dopotutto, la vita che credeva sua le stava drammaticamente sfuggendo di mano.

– Le va di parlarmi del suo rapporto con Righi?

– Abbiamo cominciato a collaborare cinque anni fa. Tito lo assunse come direttore creativo in un momento difficile per l'azienda. Le commesse calavano, il mercato chiedeva altro. Non so se è al corrente di come funziona nell'alta moda…

– In maniera molto vaga.

– Be', diciamo che tutti noi qui si vive in un continuo gioco dello stupore. Bisogna sempre innovare, cambiare, colpire, comunicare una sensazione di esclusività e di potenza, differenziare… E nello stesso tempo si deve garantire all'innovazione lo spazio per imporsi, e quando questo tempo è maturato, comprendere, un istante prima della concorrenza, che è giunto il momento di cambiare ancora, e farlo. Farlo. Cioè cambiare, senza indugi e senza tentennamenti. La stasi è la nostra vera nemica.

– Non lo si potrebbe dire di ogni seria impresa?

– Ma noi, – sorrise lei, – noi siamo artisti-imprenditori! Un biscotto può durare cinquant'anni, un gioiello, un orologio di prestigio possono durare un'eternità, come i diamanti. Gli abiti... Il marchio tende all'eternità, ma il prodotto è per sua stessa definizione effimero. Siamo creatori di sogni, e i sogni svaniscono all'alba, a quanto pare.

– Torniamo a Lorenzo Righi, se non le dispiace.

– Non le ho offerto niente, – si scusò lei, – vuole qualcosa?

– Grazie, sono a posto.

– Lorenzo Righi... – riprese Irina, e sembrò concentrarsi, come alla ricerca del tempo giusto per la risposta.

In sintesi, spiegò, Lorenzo aveva portato una ventata di positiva, indispensabile innovazione nel periodo storico della massima crescita delle tematiche gender. Quando la confusione fra maschile e femminile era diventata una necessità creativa.

– Non sto parlando di quello stupido luogo comune che vuole il mondo della moda in mano a gay scatenati e modelle anoressiche con le narici intasate di polvere bianca. Qui da noi, al riguardo, Tito era di un moralismo addirittura asfissiante. No. Lorenzo Righi è davvero un genio, e ha vissuto la sua stagione gloriosa di sregolatezza e di eccessi. Dia un'occhiata ai suoi modelli... Ardimento allo stato puro. E in modo cosí esclusivo che c'erano star di Hollywood o principesse ereditarie che prenotavano... No, meglio, comperavano il tempo di Lorenzo al solo scopo di poter sfoggiare modelli disegnati e realizzati per loro uso esclusivo. Era una specie di asta a chi offriva di piú da parte della Megan o Jenny di turno.

Nelle parole di Irina, vibrava sincera ammirazione.

– Insomma, per un po' Lorenzo Righi è stato sulla cresta dell'onda.

– Parliamo pure di una mania!

– Allora perché...

Una bassa vibrazione segnalò che Irina aveva ricevuto un messaggio. La donna si scusò, afferrò il cellulare e uscí dalla stanza. Manrico controllò il proprio apparecchio. C'era un WhatsApp di Vera Grant. «So che sei a Milano e non mi hai chiamata». Ma come diavolo faceva a sapere... Non le rispose. La sua vita era già abbastanza complicata. E poi aveva un impegno, quella sera.

Irina rientrò. Manrico riprese il discorso.

– Ma se era «oggetto di culto», perché licenziarlo?

– Gli arabi.

– Era troppo estremista per loro?

– Magari le hanno detto di quella storia della sfilata gender con i ragazzi barbuti in gonna e reggiseno...

– Certo.

– Tito gli aveva offerto una somma molto elevata. E non avrebbe invocato il divieto di concorrenza. Insomma, poteva andarsene dove gli pareva, ricominciare altrove.

– Ma lui ha detto di no.

– Ha detto di no. Non è tipo da compromessi.

– Mi corregga se sbaglio: lei lo ammira.

– Gli devo tutto. Tutto quello che non devo a Tito. Ho cercato di convincerlo a trovare una soluzione alternativa.

– Di che tipo?

– Una collaborazione con me, o una consulenza esterna. Gli arabi magari l'avrebbero mandata giú. Doveva solo accettare di stare un po' nell'ombra. Prima o poi la principessa Layla e la diva del momento si sarebbero stancate del nuovo ordine e sarebbero tornate a invocare eccentricità, trasgressione e bla bla...

– Non ha una grande opinione della sua clientela, signora Zed.

– In questo momento, giudice, non ho una grande opinione del mondo intero, – concluse lei, chinando il capo.

Manrico le tese la mano. Gli sarebbe piaciuto se alla conversazione avesse assistito Vera Grant. Uno sguardo dall'interno sarebbe stato utile per decifrare i codici nascosti. Ammesso che ve ne fossero.

– La ringrazio della sua cortesia, – sorrise Manrico, avviandosi a terminare l'incontro, – solo un'ultima domanda: ha idea di dove posso trovare Lorenzo Righi?

Irina fece segno di no. Non si vedevano dalla sera della tragica festa.

– A proposito, signora, se Lorenzo era in rotta con Cannelli... come mai era stato invitato alla soirée?

– Ho controllato. Un errore. Un'impiegata ha inviato al teatro una short list non aggiornata.

Cianchetti attendeva davanti all'ingresso della Maison Cannelli. Il vespro aveva portato con sé un vento freddo e umido. Quando vide avvicinarsi il contino, la poliziotta si affrettò a spegnere la sigaretta sotto il tacco dello stivaletto. Di recente aveva provato a smettere, quando aveva creduto di essere incinta, ma, dopo aver scoperto che si trattava di un falso allarme, aveva ripreso con piú lena di prima. Ora tentava di ridurre, con scarsi esiti. Manrico le fece un rapido resoconto del colloquio con Irina Zed.

– Ma secondo lei, – chiese Deborah, dopo averci pensato un po' su, – quei due… Insomma, c'era amore? Lui era proprio anziano, eh!

– Vallo a sapere! Di sicuro li legava un affetto sincero. Lei è distrutta.

– E intanto Righi è sparito, dotto'.

– Non prova niente.

– Certo. Però noi dobbiamo sempre sentirlo…

– Qualche idea?

– Ho un paio di indirizzi. Passo in hotel, mi cambio e vado a fare una puntatina.

– Che tipo di indirizzi?

– Locali un po'… particolari, diciamo cosí. Che c'ha voglia di farsi un giro insieme a me, dottore?

– Lei vada pure, Cianchetti, e buona fortuna. Io ho altri impegni.

Manrico si allontanò a passo deciso.

Anvedi quant'è paraculo il contino!, pensò Deborah Cianchetti. Una donna in ogni porto, eh? Poi rifletté su come vestirsi per evitare risse e complicazioni: una battuta di caccia nella Milano Lgbt e vattelappesca non era proprio l'ideale, per una come lei.

X.

Nel messaggio che gli aveva scritto nel pomeriggio, Maria Giulia aveva fissato un appuntamento. Diciannove e trenta al *Garuda's* in viale Manzoni. Il locale era piccolo e discreto. Manrico attese mezz'ora, sorseggiando svogliato un gin tonic, poi gli arrivò un nuovo messaggio: «Scusa, non me la sento, meglio finirla qui». Era prevedibile. Non troppo elegante, forse, ma prevedibile. Stella Dubois che lo bacia in aeroporto, in maniera provocante, sotto gli occhi di Maria Giulia, mentre stanno per imbarcarsi per il Giappone. Poi Tōkyō. Manrico aveva sorriso a una turista americana e, mentre Maria Giulia nuotava in piscina, le aveva offerto un innocente, innocentissimo cocktail al bar del *Park Hyatt*, il fantasmagorico hotel di *Lost in Translation*. Lo vogliamo chiamare «un ingenuo flirt»? Accidenti, no. Un po' di onestà non guasta, nella vita. C'erano stati un paio di momenti in cui il flirt aveva rischiato di scivolare nel… Sí, insomma, l'attrazione si era percepita, e da entrambe le parti. Lui aveva mollato prima che si concretizzasse l'inevitabile. Maria Giulia doveva possedere un intuito da strega, aveva decifrato perfettamente la situazione, gli aveva letto dentro e… No, inutile accampare scuse e pretesti. C'era qualcosa che non andava, in lui. Maria Giulia era una donna strutturata, colta, gentile ma determinata. Aveva compreso che Manrico avrebbe potuto farle del male, con la sua superficialità. Dunque, dovette ammettere a sé stesso, a scomparire lei aveva tutto da guadagnare. E lui... lui era condannato a oscillare in eterno fra la voglia di un caldo abbraccio e una spasmodica voglia di fuga... Sollievo e spaesamento, come tante, troppe volte gli era accaduto in passato, lottavano per il predominio del suo cuore.

Buttò giú l'ultimo sorso di gin tonic e rispose quindi al messaggio di Vera Grant. «Colpito, sono a Milano. Ci vediamo?» Lei rispose con la geolocalizzazione di un indirizzo. Manrico pagò il drink e si fece chiamare un taxi.

Vera Grant aveva ascoltato con grande cura la selezione operistica che lui le aveva proposto.

– Mi ha incantato, quel brano di Wagner.

– Temperamento romantico?

– Amore e morte, un classico, no?

Troppa ironia, anche se leggera, notò Manrico. Forse, quando gli aveva detto di detestare l'opera e di esserne totalmente a digiuno, mentiva. Era un modo come un altro per farlo venire allo scoperto? Lui, invece, era stato sincero. Molti aspetti della modernità restavano ai suoi occhi una terra ignota. Si era lasciato prendere da un paio dei brani suggeriti da Vera, ma aveva dovuto farseli spiegare da suo figlio Alex. Il giovane musicista li aveva giudicati eleganti e molto particolari. Non si trattava di roba commerciale, anzi, piuttosto ai margini del grande giro. Niente di glamour, niente trap, niente urla alla luna o esaltazione di perversioni da strada. E niente del risentimento livoroso che sembrava costituire la cifra comune delle giovani voci. Alex gli aveva chiesto quanti anni avesse la «persona amica» che gli aveva chiesto di ascoltare quei brani. Manrico aveva glissato. Riferí a Vera, millantando una consapevolezza che era ben lungi dal possedere, il proprio interesse per Marcello Murru e Andrea Laszlo De Simone.

– E la romantica sarei io?

Sorseggiavano gin tonic accompagnato dagli inevitabili stuzzichini di un aperitivo vestito, che corrispondeva in pieno al cliché milanese nell'immaginario di un romano: olivette e tartine, in porzioni microscopiche, abbinate a un disclaimer a uso e consumo di allergie, scelte alimentari radicali *and so on*. Il locale, invece, era dignitoso, con boiserie essenziali, e la clientela non eccedeva in glamour. Si trovavano in zona Darsena. A giudicare dai cenni d'intesa con barman e cameriere, Vera doveva essere di casa.

– Pensavo che ci saremmo visti dalle parti di corso Como. Non è là che gravitate voi della moda?

– Lí si va per fare colpo, signor contino.

– E qui?

– Qui si viene quando ci si vuole sentire a proprio agio.

– È un apprezzamento, Vera? Mi consideri un tipo rilassante?

– Al contrario. C'à qualcosa di profondamente inquietante in te. Per quanto mi riguarda potresti essere un serial killer. Perciò meglio vedersi in un luogo pubblico, non credi?

Quando rideva, le si formavano due fossette agli angoli degli zigomi, e gli occhi brillavano. Manrico aveva da sempre un debole per la risata femminile. Non quella sguaiata e ostentata che fa tanto recitazione, no. Quella sommessa eppure franca, quando una donna rovescia la testa all'indietro e vedi vibrare il suo lungo collo, un riso in toni bassi, da contralto, che è promessa, seduzione e minaccia. Sua madre rideva cosí, nei suoi ricordi di bambino.

– Io, invece, ti facevo alla Scala, – riprese lei.

Ah, certo, la Scala! Il guaio è che non ci aveva proprio pensato, alla Scala. E questo era un segnale grave, da non prendere alla leggera.

– Be', avrai avuto tempo di fare un giro per la tanto calunniata Milano.

– Calunniata da chi?

– Da voi romani, di solito.

– Pensa che la mia ex moglie dice che sono un maledetto calvinista milanese.

– Perché?

– Perché, secondo lei, sono preciso, puntuale, un po' secchione e ossessionato dal lavoro.

– E chi di noi non lo è?

– Mah, – e stavolta fu il suo turno di ridere, – quando voleva prendermi in giro diceva una sola parola: Gaetano.

– Sarebbe a dire?

– Gaetano era il mio autista, all'inizio della carriera, quando noi Pm non eravamo ancora diventati nemici del popolo e, udite udite, avevamo persino la macchina di servizio. Bene, un giorno, erano i primi di marzo, si scatenò una nevicata incredibile... A Roma succede: la neve, se arriva, spesso è tardiva, e quando scende la città si paralizza. In breve, ero di turno e avevo appuntamento con Gaetano in una piazza del centro. Doveva accompagnarmi in carcere per un interrogatorio. Non si presentò. Non rispondeva al telefono. Io però mi fidavo di lui, ero sicuro che presto o tardi sarebbe comparso...

– E?

– E non comparve. In compenso, aspettai un'ora sotto la tormenta. Poi me ne tornai a casa praticamente trasformato in un pupazzo di neve. Gaetano se ne era rimasto bello bello sotto le coperte. Adelaide, la mia ex moglie, non perse l'occasione per dileggiarmi.

– Dileggiarmi, – ironizzò lei, – devo appuntarmelo. Alla prossima riunione di redazione tirerò fuori il «dileggio» e mi godrò lo sconcerto dei giovani collaboratori, la loro corsa affannosa su Google per la ricerca del significato... Comunque, attenzione, mio nobile nuovo amico: quando si finisce a parlare degli ex si sta giocando a nascondino...

Vera indossava una blusa beige e pantaloni in tinta. Poco prima, nel prendere posto sul divanetto di velluto amaranto, si era liberata di un elegante soprabito dalle tenui tonalità in verde, con ricami floreali in rosa e indaco che ricordavano certi costumi tradizionali del Caucaso. Birichina, malandrina, pericolosa Rusalka che si prepara al gran ballo per il principe.

– Per caso hai notizie di Lorenzo Righi?

Lei, che si era sporta come per invitarlo a un gesto piú intimo, si ritrasse, scuotendo la testa.

– Mi sa tanto che la tua ex moglie non aveva tutti i torti. Hai sempre la testa al lavoro. No, non lo sento da quella sera. E comunque, te l'ho già detto: lui non è capace di fare del male a una mosca, figurati uccidere.

– Nel video è parecchio violento.

– Ora come ora lui è incazzato col mondo intero. In particolare, con Irina.

– Non capisco. Lei mi ha detto di averlo difeso sino all'ultimo. A quanto pare Lorenzo Righi dovrebbe prendersela piuttosto con il suo... come chiamarlo? Fanatismo? Rigore? Arroganza?

– Ah, – sbuffò lei, – stammi a sentire. Prima di venire qui, mentre uscivo dalla redazione, ho incontrato un tipo travestito da Johnny Depp, stessi capelli, trench, stivali, cappello... Ci siamo incrociati lungo le scale e sono fuggita, perché ho capito che era un aspirante modello, o un fotografo, comunque qualcuno che voleva vendermi qualcosa.

E quando sono scesa dalla metro, ho visto due ragazzi che si facevano selfie a catena davanti alle vetrine di un outlet grandi marche. Lui era uno come tanti, capello squadrato e barbazza da hipster, lei era fasciata di giallo dorato e si metteva in posa, e scattavano, poi facevano tre metri, altra vetrina, e nuovo scatto. La ragazza percorreva quei tre metri ancheggiando stile Kardashian, al solo scopo di mettere in mostra il considerevole lato B.

– E allora?

– E allora! – qui il suo tono abbandonò l'ironia e si fece serio. – Irina Zed e chi è come lei, cioè il novantanove per cento dei cosiddetti creativi, lavora per quei due, l'hipster e la bellona. Si tratta di concepire modelli e imporre stereotipi, scelte di mercato, vendite, brand...

– Scusa, ne so poco, ma direi che funziona cosí, no? Creano modelli esclusivi per dive, miliardari, regnanti, e poi vendono altro alla gente comune.

– Tutti fanno cosí, certo, ma non Lorenzo. Lui è...

– È?

– Lorenzo Righi è l'antimoda, Manrico. A lui stanno a cuore la bellezza e l'unicità delle opere d'arte che inventa e realizza.

– Ma scusa, i vestiti sono fatti per essere indossati!

– Non per forza, signor contino. Anzi, direi che, a livello di Lollo... Gli intimi lo chiamano cosí, Lollo... A livello di Lollo vestire è l'ultimo problema. Sto parlando di creare. Di fare...

– Arte?

Gli era uscita involontariamente ironica. Vide Vera irrigidirsi.

– Arte, puoi dirlo forte. Ma capisco che tu possa non condividere. Del resto, quanti condividono il tuo trasporto per i gorgheggi e gli acuti delle tue cantanti preferite?

La serata proseguí in una piccola osteria dai vapori fumosi. Manrico si ritrovò circondato da facce di popolo e studenti che vociavano in grande allegria trangugiando cotolette, ossobuco e cassœula, il tutto annaffiato da dosi non propriamente omeopatiche di Barbera Maison.

– È uno dei pochi posti dove persino un romano può trovare da mangiare a orari impossibili, – sorrise Vera.

Vuole stupirmi, concluse Manrico, e nello stesso tempo dimostrarsi diversa dai luoghi comuni sulla «gente della moda». Ed è maledettamente affascinante.

Il tema di Lorenzo Righi come Mozart della haute couture occupò il resto della serata. Vera gli spiegò che, sí, Lorenzo aveva ideato creazioni che si erano imposte sul mercato. Ma erano, come dire, i ritagli della sua geniale inventiva, il pane quotidiano. I sogni stavano da un'altra parte. Stavano in capolavori dei quali nessuno, tranne lui, Tito Cannelli e Irina, era a conoscenza. Pezzi unici, macchine celibi che Lorenzo sperava di riuscire a realizzare, per pochi eletti, con un suo marchio personale.

– Vuole mettersi in proprio!

– Voleva trasformare la Cannelli in Cannelli & Righi. E lí dar libero sfogo al suo genio. Ma il vecchio Tito, pace all'anima sua, lo ha fregato. Lui e Irina l'hanno fregato.

– Il potere del denaro, Vera.

– L'ego, Manrico –. La donna frugò nella borsetta, una deliziosa struttura trapezoidale in pelle screziata di nero su fondo rosa pallido, e ne riemerse scuotendo la testa. – A volte dimentico che ormai fumare è come tagliare la gola a un neonato. E soprattutto dimentico che ho smesso di fumare. L'ego, dicevo... Finché Lorenzo fosse rimasto sulla plancia di comando, Irina sarebbe sempre stata la numero due. Quindi...

Chissà se Vera si rendeva conto che le sue parole fornivano a Manrico il movente perfetto per un omicidio: rancore, interesse… Nei suoi oltre vent'anni di carriera aveva visto uccidere per molto meno. Ammesso che un omicidio ci fosse stato, Lorenzo Righi stava assumendo i contorni del colpevole ideale.

– Facciamo due passi? – propose Vera.

Quando Manrico si avvicinò alla cassa, Savino, l'oste di Bisceglie, indicò Vera, e fece il classico gesto del palmo aperto, accompagnato dal rituale «meh». Significava «levatelo dalla testa, straniero».

– Ma non eravamo nel cuore della vecchia Milano? – ironizzò Manrico.

– Milano, capitale della Puglia, – commentò lei, con un risolino.

Si ritrovarono nel freddo umido di uno stradone deserto, a due passi da una stazione di taxi.

– Proposte per finire la serata, Manrico?

– Vera…

– Sí?

– Fammelo incontrare, Lorenzo. Anche in via informale.

– Vuoi arrestarlo?

– Voglio farmi un'idea.

Lei gli si fece pericolosamente vicina, a portata di bacio. Annusò l'aria, poi si ritrasse, con una smorfia di sarcastica delusione.

– Non hai messo quel profumo, quello dell'altra sera… Vuol dire che non avevi in programma di incontrarmi. Hai risposto al mio messaggio last minute. Chi ti ha dato buca, contino?

– Vera…

Con un sospiro lei depose sulla guancia di Manrico la parodia di un casto bacetto, e salí al volo su un taxi. A lui non restò che ritornarsene mesto in albergo. Con la sensazione di aver perso qualcosa di prezioso.

Nello stesso istante, Deborah Cianchetti scivolava nel bagno femminile di un locale chiamato *All-In* in compagnia di una giovane architetta dai capelli verdi in gonna di pelle nera e top coordinato.

XI.

Manrico e Cianchetti si ricongiunsero sul Frecciarossa delle 8.45. Il resoconto del Pm colpí la poliziotta. Se fino a quel momento si erano mossi sulla base di una potenziale pressione mediatica, per fare «ammuina», come aveva suggerito il procuratore Gaspare Melchiorre, adesso le dichiarazioni di Vera Grant cambiavano lo scenario. Restava arduo ipotizzare un omicidio a mezzo calabrone asiatico, certo. Ma un movente emergeva, ed era alquanto serio.

– L'istinto me dice de anna' a fonno a 'sta cosa, dotto'.

– Ha decisamente ragione, Deborah.

– E comunque, 'sto mondo del lusso me pare 'n casino!

– Concordo anche su questo.

– Insomma, secondo Irina, se Lorenzo abbozzava gli arabi se lo tenevano. Ma lui voleva commanna', e allora s'è fatto licenzia', e poi? Che ha fatto dopo? Ha ammazzato Cannelli per vendicarsi e far saltare l'accordo? Però! Se esce fuori che è davero un omicidio lo indaghiamo?

– Se... se... A proposito: e lei? Che cosa ha combinato, ieri notte? Quando sono rientrato in albergo era ancora fuori...

– Ma che, s'è informato? – domandò lei, arrossendo suo malgrado.

– Non mi sarei mai permesso, – sorrise il contino, – il receptionist ha riferito di sua spontanea volontà.

Cianchetti non commentò. Fra sé e sé pensò che il tizio dell'albergo chissà che s'era immaginato, e tra l'altro, come se dice? Fasse 'n pacchettino de... Insomma, pensare ai fatti propri, mai, eh? A ogni modo... Disse al contino che, in effetti, a Milano Lorenzo Righi era parecchio conosciuto. Aveva una casa in zona Bosco Verticale, «vippolandia, dotto'», e frequentava certi locali «particolari, nun so se me spiego». Dopo un paio di giri a vuoto, in un posto «da rimorchio», alla fine s'era fatta sotto 'sta tipa.

– Dice che è un'architetta, e comincia: ah, sei una faccia nuova, qua non ti ho mai vista, vieni da Roma, ma siete tutte cosí carine laggiú... Ha capito, sí, laggiú... Va be', 'na lella fatta e finita... E io je faccio: mah, sai com'è, cara, questo posto è proprio fico, me ne ha parlato un tipo... Lorenzo Righi. Ah, fa lei, e come no, Lollo. Loro pare che lo chiamano Lollo... E io me dico: bingo!

Manrico si sforzava di non ridere. Era come precipitare nel mezzo di una vecchia commedia all'italiana. Cianchetti rimorchiata nella notte milanese... imperdibile!

– E cosí decido de sta' al gioco. Bevemose 'na cosa...

– Mi lasci indovinare: Moscow Mule.

– Ma che lo conosce 'sto *All In*?

– No, ma prima di partire ho fatto due chiacchiere con mio figlio. La gioventú va pazza per il Moscow Mule.

– Be', 'sta tipa, Alessandra, proprio giovanissima non è... Comunque, ci mettiamo al tavolo e io da un lato devo evita' che esageri (quella c'aveva 'na mano che pareva un polipo...) dall'altro cercavo di far cadere il discorso sul nostro amico... Ma non è che facevo grandi progressi, eh... Poi a un certo punto... a un certo punto apre la borsetta e tira fuori 'na bustina de coca. E dice: perché non andiamo a rifarci il trucco nel bagno delle ragazze?

Manrico non riuscí a trattenersi.

– Cianchetti, non mi dica che si è immolata per la santa causa!

Lei ci pensò un po' su. A chiunque altro j'avesse sparata una cazzata simile, l'avrebbe imbruttito all'istante. Ma ormai conosceva il dottor Spinori. E, cosa piú importante, si fidava. Perciò lasciò partire una bella risata.

– Semo annate al bagno. Come siamo entrate, e lei ha fatto per aprire la cocaina, io l'ho sbattuta al muro, tesserino alla mano, e me so' qualificata. E le dico: a bella, qua i casi so' due. O tu me dici dove cazzo è finito Lorenzo Righi, o io t'arresto co' l'accusa de spaccio.

– L'avrebbe fatto sul serio?

– Ma quanno mai! – sbuffò lei. – Sarà stato manco un grammo, nessun suo collega avrebbe convalidato il fermo, uso personale e passa la paura. Ma lei...

– Lei non lo sapeva!

– Mah, m'ha dato l'impressione de esse' una tipa scafata, certo che lo sapeva, però quando fermi uno per uso personale parte la segnalazione, escono le carte, magari è una conosciuta nel giro... Insomma, ha detto subito de sí.

– E?

– Niente. Lorenzo Righi è sparito nel nulla. Anche con gli amici piú intimi.

Un buco nell'acqua, in parole povere.

– 'na cosa sarebbe pure uscita... Dice questa tipa, 'sta Alessandra, che da qualche tempo Lollo c'ha qualche impiccio in Spagna.

– La Spagna è grande.

– È quello che le ho detto io, e lei ha fatto spallucce, e certo che ce lo so che la Spagna è grande, ma io che ci posso fa'?

– E poi com'è finita la storia?

– Ho capito che non sapeva altro, le ho fatto la ramanzina, ho gettato la roba nel cesso, e l'ho rispedita a casa.

E poi me so' data, perché a quel punto lo sapevano pure i sassi che so' 'na sbirra. Tutto qui.

La trasferta milanese si era dunque rivelata tutt'altro che una perdita di tempo. Manrico riferí al telefono le sue impressioni anche a Melchiorre. I due magistrati concordarono su una cosa: valeva la pena di andare avanti, anche se al momento non c'era niente di concreto. Il punto chiave restava Lorenzo Righi. Ma Lorenzo Righi era introvabile. Manrico ritentò con Vera Grant. Le inviò un paio di messaggi, non ricevette risposta. Meglio non insistere, e meglio non persistere, dopotutto si era trattato di una conoscenza occasionale. Nella peggiore delle ipotesi, le avrebbe mandato un invito a comparire. Eppure, qualcosa dentro di lui gli diceva che si sarebbero rivisti. E senza comunicazione formale. Il treno raggiunse la stazione Termini in perfetto orario. Cianchetti atterrò sulla pensilina con un sorriso soddisfatto.

– C'hanno ragione quelli che dicono che la mejo cosa de Milano è 'sto treno che te riporta a Roma!

La fila dei taxi, di solito caotica ed eccessiva, era, quella mattina, insolitamente umana. Si fecero portare dritti in ufficio. Orru e la sospirosa Brunella, coinvolta per l'occasione, avevano gli occhi storti a furia di guardare video di privati cittadini e registrazioni delle telecamere di sicurezza. Quanto alle persone da sentire a verbale, se ne stava occupando Vitale, coadiuvata da due stagiste messe a disposizione dal procuratore in persona. Ma anche a questo palo, avrebbe detto Bruno, il macellaio di famiglia, piú un amico che un fornitore, stiamo piombi.

Bruno gli ricordò il week-end imminente. Aveva promesso alla madre di portarla nella villa di Sabaudia. Doveva ricordarsi di passare proprio dalla bottega di Bruno per recuperare le faraone: per qualche misterioso motivo, sua madre aveva deciso che agnelli e capretti erano intangibili. Il povero pollame, per contro, era sacrificabile senza remore. Forse poteva rubare il pomeriggio e anticipare la partenza, almeno per una volta.

– Ho convocato per mercoledí quel tale, Jacky... Che poi sarebbe Pellegrani Giacomo, – lo informò Vitale, – gli ho detto di portare il cellulare, come a tutti gli altri.

– Ottimo, – approvò Manrico. – E dobbiamo trovare Lorenzo Righi.

– Dagli aeroporti non è passato, e nemmeno dalle stazioni, ho già controllato, – puntualizzò Orru.

– Allora davvero non possiamo fare altro che aspettare. Ah, un momento: inoltriamo richiesta al consolato di Madrid. E a quello di Barcellona. Può darsi che si trovi in Spagna.

– E dovrebbe passare dal consolato? – Vitale era perplessa.

Manrico sorrise. – Facciamo ammuina, va bene?

– Ammuina pe' ammuina, – s'inserí Deborah, – io me faccio du' chiacchiere coll'Interpol.

– Attenzione, – si allarmò Manrico, – non c'è nessun provvedimento restrittivo a suo carico. La nostra dev'essere solo una richiesta di informazioni.

– Intesi, dotto': informale! – E Cianchetti scattò sull'attenti.

Poi, contrariamente al suo solito, invece di mettersi subito in marcia, restò impalata davanti al magistrato, schiarendosi la voce nell'atteggiamento di chi ha qualcosa di urgente da dire, ma non sa da dove cominciare.

– Allora? – la sollecitò lui.

– Per quella cosa dell'opera...

– Sí?

– Magari, se quei biglietti ci stanno ancora...

– Sono suoi, – tagliò corto Manrico, con un ampio sorriso.

Si affrettò a recupere i rettangoli di carta con QR code da un cassetto della scrivania e li porse alla poliziotta.

– Ma a una condizione: esigo un resoconto dettagliato.

– Agli ordini!

Manrico riuscí ad arrivare da Bruno, al suo chiosco nel mercato coperto di via Catania, prima dell'orario di chiusura. Il macellaio stava avvolgendo in uno spesso foglio di carta due grossi tacchini. Poi infilò il tutto in un sacchetto e consegnò il pacco a una donna minuta, dai tratti indiani. Lei si inchinò e se ne andò, rinculando ossequiosa. Gli occhi accesi di uno scintillio gentile. Naturalmente, Bruno non si era fatto pagare.

– C'ha sei figli, – spiegò, anche se Manrico non gli aveva chiesto niente, – e il marito sta' a collegio. Quando ce li avrà, me li darà.

Manrico si offrí di pagare per la donna. Poco ci mancò che Bruno si offendesse. Il contino tornò a casa con le sue faraone e il cuore leggero.

XII.

– Allora? Com'è andata?

Fu la prima cosa che Manrico chiese a Cianchetti quando si rividero in ufficio.

Cianchetti sbuffò. E che je doveva di', ar contino? Opera, opera, altro che opera! 'Na via crucis, era stata! Tanto pe' comincia', il vestito. Nel negozio al centro che le aveva indicato la sua amica Chanel, s'era appiccicata con una commessa. Una secchetta altezzosa che l'aveva squadrata con malanimo, inorridita da jeans, stivali e giubbotto di pelle, e che aveva lasciato intendere che quel posto cosí elegante non faceva per lei. E Deborah era stata a un passo dal procedere all'arresto della stronza. Allora Chanel si era offerta di prestarle il vestito che aveva indossato al matrimonio di una cugina di Sezze due anni prima. Offerta generosa, ma che te presti, Chane', che col tacco dodici m'arrivi sí e no alla spalla! Aveva optato alla fine per un tailleur pantaloni rosa e una camicetta in tinta, senza rinunciare al giubbotto, che quando è troppo è troppo. Una volta varcato l'ingresso del Teatro Costanzi, s'era ritrovata in mezzo a una marea di ragazzotti in jeans e maglietta e a gente comunissima in maglioncino. Tutt'al piú, qualche giacca senza cravatta. Si era sentita osservata, una bestia rara, un misto di commiserazione e ironia. Come se dice, era «overdressed», 'na cosa esagerata, insomma. Ma perché non aveva chiesto consiglio al contino? Be', per non fare proprio sino in fondo la figura della coatta, chiaro! Fortuna che aveva incrociato un'americana in lungo di seta nera e un giapponese in smoking che le aveva sorriso con un lieve inchino; s'era sentita un po' meno sola. C'era poi il capitolo Diego Cosenza! Ingabbiato in una giacca che nell'ultimo anno s'era fatta tragicamente insufficiente, con una vistosissima cravatta color giallo limone, prima s'era sperticato, «me pari 'na principessa», «amo', ma cosí me fai sfigura'»... infine, sulle note iniziali dei titoli di testa – Deborah sapeva che all'opera si chiamavano in maniera diversa, ma non ricordava come – era piombato in un sonno comatoso. E lei aveva dovuto svegliarlo piú volte, quando il suo lieve russare aveva rischiato di sovrastare ottoni e grancassa.

– Deborah? Allora?

– Tutto bene, dottore.

– Si è divertita?

– Certo.

– Tutto qui?

– Dottore...

– Dica, dica. Eravamo d'accordo per un resoconto dettagliato.

Vabbe', il contino c'aveva ragione. E se doveva essere sincera, lassando perdere commesse, amiche, giapponesi e fidanzati russanti, l'esperienza non era stata per niente spiacevole.

– Mi sono incazzata, va bene?

– Non le è piaciuto, – si rammaricò lui.

– No, no, mi sono incazzata co' quei due, padre e figlio. Vojo di', no, sta Violetta... sarà pure stata 'na mignotta, ma poi se innamora de 'sto Alfredo e la pianta de fa' la vita, no? E se venne puro li gioielli per mantenerlo, il tipo, visto che lui ha rotto co' la famija. Poi arriva 'sto vecchio, er papà, Giorgio, me pare...

– Vada avanti, sono rapito.

– Eh, ce sta poco da scherza', – ribatté lei, piccata. – M'ha chiesto il resoconto, eccolo! Oh, per me era la prima volta, eh? Allora, arriva il papà e je fa: a Viole', io c'ho 'na fija che sarebbe… Aspetti, me ricordo anche… Pura come n'angelo, insomma, vergine, no? E questa fija se sta pe' sposa' ma la famija de lui manda tutto a monte perché Alfredo sta co' 'na mignotta… Er disonore! Insomma nun se vonno pija' 'sto accollo… Ce sta solo un modo pe' rimedia': Viole', tu a Alfredo lo lasci, e fa' pe' noi sto sacrificio…

– In realtà dice «sacrifizio».

– Vabbe', erano tempi antichi. Oh, lei accetta. Alfredo la pija male, la umilia in pubblico e, se me permette, dotto'…

– Dica pure, Cianchetti.

– Bello stronzo! Mi scusi, eh…

– Verdi ci fa capire che è anche lui una vittima del patriarcato.

– Ma 'sti… Annamo, cosí è troppo facile! Vittima! Ma de che? Poi arriva il padre, doppio stronzo, e je spiega tutto, e alla fine Violetta more perché è puro malata del tibbiccí…

– Secondo lei, l'abbraccio finale con Alfredo c'è o è solo lei che delira perché sta morendo?

– Mo' che me ce fa' pensa'… Nun è mejo si se vedono veramente, che almeno, pora stella, more in pace?

– Da come me l'ha raccontata, – sorrise Manrico, – si direbbe che le sia piaciuta, questa storia.

– Bah… Piú che altro me so' commossa e me so' incazzata… Co' quei du' perfidi, papà e fijo…

– Succede anche a me, – la consolò il magistrato. – Ogni volta che vedo *La traviata* ci ricasco. Mi commuovo e vorrei punire questo insensibile, ottuso vecchio barbogio di

Giorgio Germont... benvenuta nel magico mondo della lirica, Cianchetti!

– Be', mo' nun esageramo, dottore! Io me guardo sempre Sanremo.

– Sta bene. Adesso mettiamoci al lavoro, su.

XIII.

Nella relazione redatta nell'immediatezza dei fatti, uno dei paramedici che avevano soccorso Tito Cannelli scriveva di aver appreso dagli astanti che il defunto aveva ingerito una compressa di cortisone. L'uomo specificava che la signora Zed aveva riferito che la vittima ne portava sempre con sé un tubetto a scopo precauzionale. Sfortunatamente, ma anche prevedibilmente, dato il contesto, la confezione in oggetto non era stata posta sotto sequestro né acquisita in alcun modo. Sentita dalla Vitale per telefono, Irina aveva confermato di essere sicura che quella sera, prima di uscire da casa, Tito si era premurato di metterla in tasca.

Le dichiarazioni contrastavano con quanto accertato dal professor Gatteschi: l'autopsia e gli esami istologici escludevano l'azione di farmaci antagonisti al veleno del calabrone asiatico. Ma lo stesso Gatteschi aveva raffreddato gli iniziali pruriti di Sandra Vitale, colei che aveva raccolto la comunicazione.

– È un indice non univoco, – aveva spiegato l'anatomopatologo, – nel senso che a) potrebbe essere stato somministrato un farmaco sbagliato, cioè non un cortisonico, ma b) l'autopsia non è risolutiva, nel senso che le tracce del farmaco potrebbero essere svanite a causa del tempo decorso, e infine c) non sempre, e non necessariamente, il farmaco antagonista blocca la tossicità. Vale a dire che, – aveva concluso Gatteschi, con il suo classico intercalare,

– magari le troppe punture o un'eccessiva sensibilità del paziente rendono letale il veleno…

Però, qualcosa di strano era comunque emerso. E riguardava uno dei testimoni, l'avvocato Wolfgang Mainz, il legale di fiducia della Maison Cannelli.

Manrico lo interrogò a metà mattina. Dopo la rituale stretta di mano, il magistrato fece di tutto per cancellare la frase che gli ronzava in testa: rigido come un perfetto tedesco. Luogo comune intollerabile, lui aveva conosciuto tedesche e tedeschi di ogni genere, dal nostalgico al fricchettone, passando per una spiritata berlinese con cui aveva condiviso una settimana di fuoco nella Ibiza di fine anni Ottanta. Però, a tutto concedere, e volendo sfuggire alla dittatura del banale, Mainz andava considerato almeno rigido come uno stoccafisso. E come il nobile abitante dei mari, l'avvocato denunciava una notevole propensione al surgelamento. Insomma: con Mainz entrò nell'ufficio la ventata gelida che ti aspetti quando spalanchi la ghiacciaia. La bio assemblata da Gavina Orru parlava di un brillante avvocato d'affari, partner dello studio internazionale Hockmeyer & Stone, con sedi in mezza Europa, inclusa, ovvio, l'Italia. Sua specialità: le fusioni aziendali. In questa veste si stava occupando della trattativa fra la Cannelli e gli arabi. Trattativa che versava, al momento, in fase di stallo.

– Per questo motivo, – puntualizzò Mainz, – la pregherei di limitare la nostra conversazione all'essenziale. Sono in partenza per Abu Dhabi con la signora Zed per definire gli ultimi dettagli.

– Sono rimasti impressionati dall'accaduto, vero?

– È l'inchiesta che non capiscono, – Mainz si era sporto verso Manrico, con aria che rasentava l'indignato. – Questa... volontà di trovare un colpevole per un fatto palesemente accidentale!

– Ha visto anche lei il video.

– E lei sa meglio di me che se doveste sospettare di tutti quelli che minacciano qualcuno...

Non gli si poteva dar torto, onestamente. Ma c'era un motivo, per la presenza di Mainz. Manrico aspettava il momento opportuno per esporlo. Nel frattempo, si complimentò con l'avvocato per il suo eccellente italiano, e apprese che la povera signora Mainz madre, da tempo defunta, era di origine calabrese.

Mainz parlava con frasi secche, scandite, e si atteneva in modo scrupoloso all'oggetto delle domande senza concedersi la minima divagazione. Sí, era andato alla festa con Irina, Cannelli e il resto della compagnia dopo aver assistito alla rappresentazione della *Traviata*. Durante la cena aveva accusato un malore, un forte mal di testa, per la precisione, e si era ritirato.

– Ne è proprio certo, avvocato?

– È la terza volta che ripeto la stessa dichiarazione! Non penserà che me ne vada in giro a liberare calabroni assassini!

Manrico sorrise e squadernò sulla scrivania caotica del suo ufficio un pacchetto di istantanee. Il frutto del paziente, metodico, inossidabile lavoro di Orru e Vitale.

– Vede, lei è stato convocato, come la gran parte di coloro che erano presenti a quella tragica serata. Naturalmente, abbiamo prestato particolare attenzione alle persone piú vicine al defunto. La signora Zed e lei, e...

– Dovreste sentire Righi, è lui che l'ha minacciato!

– E abbiamo verificato, – riprese Manrico, incurante dell'interruzione, – dove ci è stato possibile, le dichiarazioni. Ora, – il magistrato lo invitò a concentrarsi sulle immagini, – in questa foto, presa dalle videocamere di sorveglianza del Laboratorio teatrale, si vede lei che esce dal portone principale alle… l'orario è qui in basso. Ecco, ventitre e cinquantasette.

– Come le avevo detto.

– In questo secondo fotogramma, successivo di pochi secondi, lei sale a bordo di una vettura.

– Un Ncc, certo. Ma non vedo come ciò…

– E in quest'altra immagine, – lo interruppe Manrico, – lei entra nell'edificio dove si trova il suo appartamento… in via Giacinta Pezzana…

– Anche questo l'ho già detto.

– Alle 3.15, – affondò Manrico. – Cioè oltre tre ore dopo aver lasciato la cena di gala. Tre ore, per raggiungere i Parioli dal Circo Massimo, mi sembrano francamente troppe…

Mainz si agitò sulla sedia, e un lampo di autentica paura attraversò il suo sguardo. Lui e Manrico restarono a fissarsi per qualche istante. Il tedesco sembrava molto meno rigido, adesso.

– Ho incontrato una persona, – ammise, infine, l'avvocato.

– Potrebbe dirmi…

– Una professionista, – tagliò corto l'altro, – sono un uomo solo e… lei mi capisce.

Mica tanto, avrebbe voluto rispondergli Manrico. Chiese a Mainz di fornire l'indirizzo di questa professionista.

– Senta, sono entrato in un night club, il *Blue Gardenia*, mi pare. Ho bevuto un paio di bicchieri, questa signora mi ha agganciato, abbiamo concordato un prezzo e sono salito da lei. Non era lontano, dalle parti di via Barberini. Ero confuso, comunque, avevo preso qualcosa per… sí, insomma, per essere all'altezza della situazione.

– Ma almeno se lo ricorda, il nome di questa signora?

Mainz rispose con un'occhiata eloquente: ma secondo lei, caro magistrato, il nome conta, in un contesto del genere?

Nei giorni successivi ci fu calma piatta. L'Ncc, tale Santococecco Palmerino da Amaseno (un ciociaro con l'aspetto da furetto, le orecchie aguzze, gli occhi vivacissimi e l'aria predatoria), sentito da Cianchetti confermò che Mainz si era fatto accompagnare in questo night club e che gli aveva detto di tenersi pronto, perché sarebbe stato richiamato nel giro di un paio d'ore. In effetti, l'uomo, che si era appisolato al volante, fu svegliato dalla telefonata del tedesco e andò a riprenderselo dove lo aveva lasciato, cioè davanti al locale. Poi lo aveva portato a casa. Aggiunse l'autista, col suo greve accento: «Però 'ngi aveva la faccia de uno che mo' mo' s'è fatto 'na pelle». L'uomo consegnò di propria iniziativa il cellulare all'ispettora. Le chiamate con Mainz risultavano, e corrispondevano agli orari indicati. Ogni ulteriore controllo parve a Manrico, e all'équipe, superfluo: la versione di Mainz reggeva. E di che cosa mai lo si sarebbe potuto accusare, d'altronde, visto che un reato vero e proprio ancora non era stato accertato?

Il nipote neozelandese del povero Tito Cannelli si era rivelato figlio di un cugino di secondo grado. Non si era nemmeno degnato di volare in Italia. Era verosimile che avesse sentito parlare per la prima volta del de cuius proprio in occasione della morte. Con una stringata mail, aveva incaricato Mainz di predisporre un piano per il futuro dell'azienda.

Fu quindi sentito Pellegrani Giacomo, in arte Jacky, che Manrico aveva visto girare decine di video. Il sedicente modello affermò che il materiale non era «niente di che», e che la morte di Cannelli nemmeno si vedeva bene. Peraltro, l'apparecchio gli era stato rubato, o lo aveva smarrito, nei giorni successivi alla cena. Come attestava regolare denuncia al commissariato di zona che fu prontamente esibita.

– E lei ce crede che uno come quello se pija la briga de fa' denuncia?

Cianchetti non aveva tutti i torti a dubitare. Manrico approfittò dell'audizione del simil slavo per cercare un contatto con Vera. Le scrisse un messaggio: «Che tipo è questo Jacky?» Lei rispose dopo un po': «Aspirante modello, aspirante attore, sedicente stilista. Marchettaro». Laconico, ma chiaro. Sí. Un po' di stranezze giravano intorno a quel caso. Ma non si poteva dire la stessa cosa della maggioranza dei casi? Solo nelle cattive fiction il crimine è lineare e al termine del percorso trionfa il bene. Forse è per questo che la legge impone al procuratore di offrire prove che siano quanto meno degne di essere valutate in giudizio. È a questo che serve il filtro del giudice per le Indagini preliminari. E a questo serve l'archiviazione: archiviando, non si crea nessuna preclusione alla riapertura dell'indagine qualora dovessero emergere elementi nuovi. Cosí la pensava Gaspare Melchiorre.

– Allora, 'sto avvocato Mainz?

– Pista fredda, Gaspare.

– Meglio cosí. I media hanno allentato la presa, presto di questo benedetto calabrone non se ne sentirà piú parlare. Quando conti di archiviare?

– Vorrei prima sentire Lorenzo Righi.

– Guarda, con o senza 'sto Righi, dopo Pasqua chiudiamo tutto, okay? Io sarò impegnato in quel congresso a Strasburgo e non vorrei ulteriori seccature.

Okay, okay, cara pragmatica Volpe Argentata. Però un

ultimo tentativo Manrico volle farlo lo stesso. Scrisse un WhatsApp a Vera Grant.

E quando ormai aveva perso ogni speranza, lei gli rispose. Con un indirizzo.

XIV.

Riconoscibili dai diversi colori del saio – rosso, nero, bianco, turchese – i confratelli circumnavigavano la larga plaza de Federico Moyúa incedendo con l'estenuante passo della processione. Erano a piedi nudi, il capo coperto da un cappuccio completo di fessure per gli occhi e la bocca. Alcuni sgranavano lunghi rosari. Precedevano i portatori delle statue della Passione, che avanzavano a fatica sotto il peso di Madonne nere e Cristi flagellati.

– È identico a quando ero bambina, in Puglia!

– Ah! Metà scozzese e metà pugliese. Un bel cocktail...

– Due posti dove si beve molto bene.

Vera Grant appariva in preda a un'eccitazione infantile. Manrico osservava con un certo distacco l'andatura ondeggiante degli incappucciati, due passi di lato e uno avanti. Una folla di locali e turisti faceva ala al passaggio del corteo. Da un rudimentale strumento composto da una tavola di legno percossa da lamine di metallo provenivano sordi schiocchi ritmati. Il tutto aveva qualcosa di ipnotico, ma anche di respingente.

– In Puglia si chiama «troccola», – spiegò Vera, – e il suono è un po' una specie di memento mori.

– Lugubre, – commentò Manrico

– La religione lo è, non credi?

Come discendente di cavalieri che per quattro secoli si erano macchiati di ferimenti e ruberie al servizio della

Croce e della Spada, il contino avrebbe sottoscritto giudizi persino peggiori. Vera era in pieno trasporto emotivo. Saltava da un angolo all'altro come se volesse imprimersi per sempre nella memoria le immagini del rito. Un tramonto incredibilmente mite calava su Bilbao.

Dopo il messaggio, Manrico era riuscito a trovare all'ultimo momento un volo per Santander, e da lí aveva noleggiato un'auto. Vera aveva prenotato due camere all'hotel *Carlton* con giorni di anticipo.

«O qualcuno ti ha dato buca o sei davvero sicura di te stessa», aveva commentato Manrico, quando si erano incontrati nella hall per un bicchiere di benvenuto.

Lei aveva deciso di lasciarlo nel dubbio. Lo aveva baciato. E subito dopo lo aveva preso per mano e trascinato alla processione. Prima c'era stato un aperitivo in una deliziosa piazzetta del Casco Viejo, nel cuore dell'antica Bilbao. Vera gli aveva raccontato, l'aria sognante, di una bambina con le ginocchia sbucciate che un colossale papà dai capelli chiari portava a cavalcioni in giro nella vecchia città di mare della sua infanzia.

«Erano quartieri malfamati, Manrico. Ma nei giorni di Pasqua fra la malavita e i borghesi scattava una specie di tregua e ci si riversava tutti per le stradine del borgo vecchio a bere e fare casino...»

«E la moda era mille miglia lontana dai tuoi pensieri».

«Però dicevano: Vera è una bambina naturalmente elegante».

«Era vero?»

«Ero un maschiaccio. E tu?»

«Contino, né piú né meno che adesso».

La sera cenarono al ristorante del museo Guggenheim, e discussero animatamente del cucciolo fiorito di Jeff Koons. Qualche anno addietro Manrico aveva visto una sua retrospettiva a Palazzo Pitti. Gli era sembrato un artista piú complesso di come appariva a una prima occhiata. Un uomo in fondo tormentato che esorcizzava i suoi demoni a colpi di leggiadria. Ma il lato oscuro irrompeva, prepotente, nei dettagli piú impensati.

Rientrarono in albergo verso mezzanotte. Entrambe le camere erano al quarto piano. L'una di fronte all'altra. Era una di quelle classiche situazioni «da me o da te». Con un sottofondo di: è troppo presto. Che poteva però anche interpretarsi come «che aspetti». In queste materie Manrico si era sempre affidato all'istinto. Quella sera l'istinto gli diceva: sentimento oscillante. C'era un sottinteso fra loro che nessuno dei due aveva la voglia, o il coraggio, di affrontare. Manrico sapeva attendere. Si separarono con ampi sorrisi.

– Domani alle nove, pronti per l'escursione, – ammoní lei, agitando l'indice in un movimento scherzoso.

Un litorale lungo e compatto accolse Vera e Manrico dopo il viaggio di circa un'ora che da Bilbao li aveva condotti al villaggio di Getaria. Per tutto il tragitto non avevano smesso un istante di chiacchierare. Manrico non era eccessivamente loquace, come temperamento. Ma nelle fasi di approccio soprattutto, mentre stava costruendo un nuovo legame – e per quanto effimero questo potesse poi risultare – trovava il silenzio insopportabile, quasi oltraggioso. L'immagine della coppia che siede al tavolo del bar o del ristorante ammantata da un silenzio di volta in volta rancoroso o indifferente lo colpiva al cuore. Valeva anche per l'abitacolo di una Bmw presa a nolo: uno spazio angusto che può trasformarsi nelle buie segrete dell'Escorial. Perciò, parole, e parole gaie, un ricordare sé stessi e, nel ricordare, edificare ponteggi da una solitudine all'altra. Raccontare aneddoti e sensazioni non per forza vere. L'arte della conversazione e il sottile gioco della seduzione. Con quel sottinteso sempre in agguato.

L'arenile trionfava di famiglie, ragazze e ragazzi, turisti, musicisti, pallavolisti e persino di qualche spericolato nuotatore. Sullo sfondo s'intravedeva un grosso isolotto coperto da una folta, verdissima vegetazione.

– Guardalo bene, Manrico, che cosa ti ricorda?

– Deve ricordarmi qualcosa?

– Vieni qua, ecco... Sai come lo chiamano?

Manrico era perplesso. Perché quell'isolotto avrebbe dovuto dirgli qualcosa?

– Lo chiamano El Ratón, il topo. Spostati ancora un po' piú qua. Ooh, e adesso guarda, concentrati, e dimmi se non sembra un bel sorcio!

Manrico guardò. Si concentrò. Rivide sé stesso sulla veranda del Circeo e una ragazza – quale? Una bionda compagna di scuola? La collega svampita e vaporosa che ingenerosamente qualcuno aveva soprannominato «la scema del crimine»? – Rivisse la maledetta malinconia che lo aggrediva ogni volta che, per un motivo o per l'altro, doveva confrontarsi con l'orizzonte. Poi, con un tuffo al cuore, lo vide.

El Ratón.

Un vero, autentico sorcio con la coda ripiegata, la gobba che gli deforma la schiena quando sta sulla difensiva, i denti affilati, fogliame di foresta per i baffi ritorti, le zampe che scompaiono nel cristallino Atlantico.

– Vera...

– Lo vedi! Lo vedi! – Lei aveva l'entusiasmo di una bambina. – Non è incredibile? E ti giuro che dopo una bottiglia di txakoli alla giusta temperatura può capitarti di vederlo danzare, il topone.

– Non è la prima volta che vieni qui, direi.

Vera rise e lo trascinò verso il centro del paese, che serpeggiava lassú in alto, abbarbicato su una collinetta.

Un quarto d'ora dopo erano nel museo Balenciaga. Forse per via della giornata festiva, erano i soli visitatori.

Vera sistemò Manrico davanti a una teca. Vi campeggiava una lunga gonna nera, impreziosita da una finissima merlettatura. Completava l'installazione (come definirla altrimenti?) la foto di una gran dama d'epoca che indossava il capo. Nell'aristocrazia romana, annotò mentalmente Manrico, una simile raffinatezza se la sognano.

– Arrivo subito, – sussurrò Vera, stringendogli forte la mano.

Il museo era avvolto in una penombra che aveva del mistico.

Manrico avvertí un fruscio, e un profumo muschiato aleggiò nell'aria.

XV.

– La gonna Infanta, – scandí una voce dietro di lui, bassa, maschile, all'apparenza pacata, eppure vibrante di una tensione difficile da dominare. – Il Maestro la concepí ispirandosi ai dipinti di Velázquez.

Manrico si voltò piano. Lorenzo Righi era completamente vestito di nero, con insolita sobrietà: jeans attillati, una blusa dalle maniche lunghe, una giacca con bottoni d'oro poggiata sulle spalle. I capelli erano sciolti.

– Balenciaga non è un po' troppo tradizionalista, per i suoi gusti? – osservò il magistrato.

– Lei ha appena detto una banalità e un'idiozia, – ribatté Righi. – Una banalità perché ha ripetuto quello che pensa la maggior parte degli ignoranti quando parla di moda. Un'idiozia perché il Maestro è stato un eccelso rivoluzionario. Pensi alla linea Barrel, al cappotto Cocoon, al baby-doll del '57... Ma perché spreco il mio tempo cercando di istruirla...

Arrogante, indisponente, pieno di sé, giudicò Manrico. Decise di stare al gioco, comunque.

– Mia madre possedeva un Delphos autentico, disegnato e realizzato da Mariano Fortuny.

– Ah, sí, certo, – sbuffò l'altro, annoiato, – il Pm aristocratico. Com'è che la chiamano? Il contino... Be', sua madre sarà di sicuro una donna di classe, lo ammetto. Ma ciò non toglie che lei...

– Chi l'ha invitata a quel ricevimento, Righi?

Lo stilista avanzò di qualche passo e si mise accanto a Manrico. Il suo profumo era decisamente eccessivo.

– Se proprio ci tiene a saperlo, mi sono invitato da solo. Ho ancora qualche amico fidato alla maison, gli ho chiesto di inserire il mio nome nella lista, et voilà.

– Perché lo ha fatto?

– Per sputare in faccia ai Giuda, ovvio. Irina e il vecchio, pace all'anima sua.

Fece irruzione una coppia di turisti. Olandesi, o svedesi, a giudicare dall'accento gutturale. Incuranti dei divieti, cominciarono a scattare foto coi flash. Nessun sorvegliante si sentí in dovere di intervenire. Manrico e Lorenzo Righi, senza previo concerto, si spostarono in un'altra sala. Qui troneggiavano un meraviglioso cappotto verde e un cappello dalle larghissime falde.

– Tradizionalista, diceva, – riprese Lorenzo Righi. – Quel che lei non coglie è la differenza fra un creatore e uno stilista. Un creatore crea perché segue il proprio pensiero... si immerge nello Zeitgeist e ne cattura i segnali piú rilevanti. Percepisce l'atmosfera e l'assorbe, se ne lascia possedere, poi inventa, sogna... sogna e inventa. Restituisce ciò che ha catturato dello spirito dei tempi, ma a suo modo. E cosí facendo, lo spirito dei tempi ne esce modificato... Mi ha capito, signor poliziotto contino?

Esaltato. Gli occhi brillanti. Esponeva la sua filosofia esistenziale con la passione del sanculotto che affonda la picca nel costato di Andrea Chénier. Un cittadino Gérard prima dell'illuminazione. Un rivoluzionario, quindi sorretto da un'assoluta buona fede. La categoria piú pericolosa. Un potenziale assassino.

– Questo è un creatore. Uno che crea per cambiare il mondo, non uno che prende ordini dal mondo. Fortuny,

Balenciaga, Dior, Chanel... Ecco i nomi di chi crea. Oggi troppi creano per assecondare la domanda, non creano la domanda. E li chiamano «stilisti»...

– Come Irina Zed?

– Ah! – si portò la mano alla gola, in un gesto melodrammatico, – povera Irina! Credevo che ci fosse un legame fra noi, e invece... Ma, senta, gli stilisti assemblano pezzi dell'esistente. Appiccicano sigle. Lo sa da dove viene il maggior guadagno delle maison?

– Non ne ho la piú pallida idea.

– Si capisce, – ridacchiò lo stilista, anzi, il creatore, – era una domanda retorica! Quei soldi vengono da maglie e borse con un nome di richiamo. Guarda, cara, ho preso questa deliziosa borsetta Cannelli, mi è costata soltanto duemilaquattrocento euro... A me che l'ho fatta, dodici. Gli stilisti «assemblano» i pezzi poi, voilà, un giro di pubblicità ed ecco che Madame X indossa il marchio B, o quello C, o D...

Inarrestabile. Comunque il messaggio era confuso, ma aveva un senso. Manrico cercò di ricondurre il discorso su un terreno piú pragmatico.

– Stavamo parlando di Irina Zed.

– È cambiato tutto dopo il viaggio in Giappone.

– Un viaggio? Quando?

– Circa un mese fa. Volevamo vedere un po' di ciliegi in fiore...

– Sakura, già, – mormorò Manrico.

Giappone... Ecco che il Paese del Sol Levante tornava in questa storia. Si erano sfiorati, in quella terra lontana! Chi altri gli aveva parlato del Giappone? Ma certo! Il suo amico entomologo. Il calabrone assassino era proprio da là che veniva... Lorenzo fissava Manrico con la sua aria vaga, e nel contempo guardinga.

– Che cosa è successo in Giappone, Righi?

– Niente di che, – rispose lui, facendo spallucce, – abbiamo visitato villaggi, visionato stoffe, conosciuto mistici…

– Chi eravate?

– Irina, il vecchio, io, l'avvocato Mainz…

– Mainz?

– Il vecchio non muoveva un passo senza di lui. Mainz è l'uomo degli affari sporchi. Il «mi-chiamo-Wolf-risolvo-problemi» della compagnia…

– Per caso durante il viaggio vi è capitato di… Avete avuto a che fare con… insetti?

– Mah. Una sera, in un posto sperduto, qualcuno ha detto: qui mangiano le vespe. Abbiamo riso. È tutto.

Furono nuovamente raggiunti dai turisti, vocianti come e piú di prima. Manrico e Lorenzo guadagnarono una nuova sala. Anni Cinquanta. L'evoluzione dell'aristocratico, solitario Balenciaga. Un meraviglioso tailleur indossato da Jackie Kennedy.

– Anche lui vestiva le gran dame, – osservò Manrico.

– Questa osservazione non è corretta. Chi fa moda si occupa di moda. Il genio si occupa del lusso. Lui era un genio, io sono un genio. Sono ordini di grandezza inconciliabili. Balenciaga non si limitava a vestire le donne. Balenciaga, in qualche modo, le creava.

– Mi sembra un po' ingeneroso nei confronti delle donne, mi perdoni.

– Creava il loro mito, non mi prenda alla lettera: è deludente. Vera dice che lei è diverso.

– Diverso da chi?

– E che ne so? Vera è Vera, non se ne è reso conto?

– Siamo ancora alle prime battute, signor Righi.

– Be', allora datti una mossa, tesoro. Vera cambia spesso umore. Come dite voi appassionati? La donna è mobile…

Ma quante cose gli aveva confidato Vera! Tutto questo deponeva per un'amicizia profonda: i due erano in contatto costante. Faceva anche capire a Manrico, però, che forse c'era di piú.

– Bene, signor contino, – riprese Lorenzo Righi, – abbiamo finito?

– Cosa farà adesso?

– Non posso certo dire che la morte del vecchio mi abbia sconvolto, – sospirò lui, blasé, – anzi, in un certo senso... Per carità, non sono cosí cinico da dire che mi ha fatto piacere, però l'accordo con gli arabi salterà, e io ne sono immensamente felice.

– Pensa di rientrare in gioco?

– Mai dire mai, mon cher. In questo nostro mondo tutto è ormai talmente veloce... Senta, il lusso è qualcosa di profondamente insito nella natura umana. Una volta ti portavi dentro le esperienze per sempre, lasciavi loro il tempo di costruire una solida impalcatura emozionale. Oggi è tutto superficie. Piú le ostentiamo, queste emozioni, piú si fanno fragili, artificiali... Finzione, monsieur le comte, noi siamo immersi nella finzione.

Manrico fissò quello strano creatore-filosofo con maggiore attenzione. C'era senza dubbio qualcosa di autentico, in lui. Era un fanatico, sí, ma con un nucleo di solidità interiore. Rischiava di essere persino affascinante. E poi quel discorso sulla finzione e sui sentimenti... Ammettilo, Manrico: lui sta dicendo esattamente quello che tu sostieni da anni, lirica versus social media, la finzione che nasconde il vero, contro il sedicente vero che è in realtà plastica oscena.

– Il mito... Lei prima ha citato Fortuny: lui studiava Prassitele e Policleto, adesso si studia al massimo Walt Disney, quando va bene. Il mito un tempo era apicale, oggi sui social siamo tutti protagonisti. Ma di che? Di una catena di artefatti. Naturali, sintetici, che differenza fa? Tutto finto, abbiamo alterato definitivamente le dinamiche millenarie dell'essere umano.

– Apocalittico, – Manrico non riuscí a trattenersi. – Il prossimo passo quale sarà? Il nudo integrale?

– Ma no! – urlò Righi, per poi abbassare di colpo la voce. – No, e sí, in un certo senso. È che quando ogni cosa sembra finita scatta una nuova tendenza, le certezze vengono smantellate, e si ricomincia da qualche altra parte.

– Si passa di moda, in altri termini, – osservò il Pm, sarcastico.

– Oh. Mio. Dio, – scandí Righi, in maniera teatrale, – che cosa mi tocca sentire! Lo sa chi è Irina Zed, lo sa chi sono quelli come lei? Sono Siddharta che è uscito dal palazzo e dopo un giretto se ne tornano cheti cheti sotto il piumone…

– A me risulta che sia stato lei, Righi, a non voler accettare compromessi.

– E allora? Ne andava della mia… essenza.

Ma si rendeva conto di rasentare il grottesco? No, evidentemente. Era troppo convinto, troppo pieno di sé per accorgersene. Un personaggio sopra le righe, ma questo non faceva di lui un assassino.

– E quale sarebbe questa sua essenza, signor Righi?

– Io sono il principe che sfida l'ignoto. Dal suo punto di vista musicale, potrebbe paragonarmi all'Adrian Leverkühn di Thomas Mann… Lei è appassionato di musica, vero?

– E chi sarebbe il suo Mefistofele?

– Che ne dice dell'intelligenza artificiale?

È questo il problema con i megalomani, rifletté Manrico. Non sai mai sino a che punto arriva la cialtroneria e dove parte il genio. Ammesso che ci sia, il genio.

– Le chiedo di venire a Roma e di ripetere a verbale queste cose che mi ha detto. Magari non tutte...

– E poi? Mi arresta?

– Non dica stupidaggini. Chiuderemo il caso e potrà tornare a concentrarsi sui suoi demoni.

– Ci penserò.

Lorenzo Righi scomparve nell'oscurità del museo, lasciandosi alle spalle un'irritante traccia di profumo. Un drappello di nuovi turisti, italiani del Nord, invase la sala. Manrico guadagnò rapido l'uscita. La vista faticava ad abituarsi al chiarore abbacinante del primo pomeriggio. Vera Grant fumava appoggiata al parapetto di un terrazzamento dal quale s'intuiva il mare solcato da barche variopinte.

– Com'è andata?

– Mi ha diffidato dall'usare con lui il termine «moda».

– Ah, già, – sorrise lei, – il lusso.

– Lui è... – abbozzò Manrico. Ma non avrebbe saputo come proseguire. Vera gli venne in soccorso.

– Lui è semplicemente Lorenzo. Prendere o lasciare.

– Sapeva un bel po' di cose sul mio conto, Vera.

– Non tutto, però.

– Ti prendo in parola. E adesso?

Vera schiacciò la sigaretta sotto una delle sue sneakers color ciclamino, e gli sigillò la bocca con un bacio urgente.

– Adesso faremo quello che tutti e due desideriamo fare sin dal primo sguardo, mio caro Mr Perfecto Fino.

Vera e Manrico passarono tre giorni a San Sebastián. Si esplorarono, si divorarono e si divorarono, condividendo una fugace ma intensa felicità senza ombre. Il sottinteso era stato dissipato dal colloquio con Lorenzo Righi. E nessuno dei due ritenne necessario tornare sull'argomento. Visitarono Biarritz, bevvero sidro, mangiarono quantità industriali di alici del Cantabrico, bevvero vino bianco e spumante basco, e quando il volo di ritorno atterrò, lei gli disse che Lorenzo Righi lo aveva trovato, in effetti, «diverso».

– È un complimento?

– Dal suo punto di vista, quasi una dichiarazione d'amore. Verrà in ufficio, cosí avrai il tuo benedetto verbale.

– E tu?

– Adesso ho un po' di lavoro... Tanto lavoro, per la verità. Mi farò viva.

Lorenzo Righi fu di parola. Il martedí dopo Pasqua si recò in Procura e ripeté al magistrato il racconto che gli aveva fatto al museo Balenciaga, omettendo, beninteso, le considerazioni filosofiche.

Manrico preparò a tamburo battente la richiesta di archiviazione. L'avrebbe presentata l'indomani alla Volpe Argentata.

Ma la Volpe Argentata lo anticipò. La telefonata sorprese Manrico intorno alle nove del mattino di mercoledí. Il contino se l'era presa comoda, consapevole che con quell'archiviazione stava per togliersi un bel carico dalle spalle. Anche per quanto riguardava i potenziali sviluppi del suo affaire con Vera. Rispose al cellulare mentre era alle prese con tè e pane bruscato con marmellata di albicocche. Sulle labbra un sorrisino sognante, eredità dello sconveniente pas de deux onirico con una molto realistica Vera Grant che aveva turbato il suo sonno.

– Manrico...

– L'archiviazione è pronta.

– Aspetta.

– Che è successo?

– Mainz. L'avvocato.

– Allora?
– Morto.
– Ma come…
– Si direbbe proprio un omicidio.
– Mi faccio mandare una macchina.
– Ti attende sotto casa. Chiamami appena arrivi.

XVI.

Dolores Acunta, domestica guatemalteca a ore, era entrata alle sette in punto nel piccolo appartamento al piano seminterrato del civico 28/d di via Mattia Battistini, in zona Boccea. La donna aveva aperto con le sue chiavi. Aveva girato l'interruttore per accendere la luce, poiché il locale che fungeva da ingresso, salotto e studio era immerso nell'oscurità. Le era bastata un'occhiata al corpo abbandonato sul tappeto persiano per rendersi conto dello stato delle cose. Dolores aveva urlato, poi aveva afferrato il suo telefonino e composto il 112. Ora, accasciata sul sedile del passeggero nella volante che era accorsa per prima sul luogo del delitto, continuava a ripetere: «Non ho toccato niente, non ho toccato niente». Un poliziotto di buon cuore le aveva procurato un cappuccino e una pastarella, che lei aveva però sbocconcellato distratta. Resosi conto anche lui dell'accaduto, il capo equipaggio aveva subito contattato la sala operativa che, a sua volta, aveva allertato la Procura della Repubblica. Gaspare Melchiorre era stato telefonicamente raggiunto a Strasburgo, dove si era recato per discutere del coordinamento europeo in chiave antiterrorismo islamico. Appresa l'identità del defunto, aveva assegnato il caso a Manrico.

Il Pm era appena entrato nel piccolo appartamento quando Gaspare Melchiorre richiamò.

– Sta per iniziare la sessione. Dimmi cosa hai trovato.

– I ragazzi della Scientifica sono già qui sul posto. C'è anche Gatteschi.

– Ho dato disposizioni. Dimmi ancora.

– Cadavere a terra. Mani dietro la schiena, legate con fascette. Testa chiusa in un sacchetto di plastica.

– Ma che diavolo! Dimmi che non c'entra con quel maledetto calabrone.

– Col calabrone come insetto-killer direi proprio di no. Quanto al resto... mi pare prematuro.

– Magari non c'entra davvero.

– Magari.

– Devo andare. Tienimi informato, Manrico. Conto su di te.

Sopraggiunse Cianchetti. Si scambiarono una rapida stretta di mano. Deborah stava per dire qualcosa, Manrico la stoppò con un gesto imperativo: dopo, a tempo debito. Le tute bianche della Scientifica passarono a lei e a Manrico guanti e soprascarpe. Ma sia il Pm che l'ispettora si mantennero a prudente distanza, per non intralciare il lavoro dei tecnici. Gatteschi era chino sul cadavere. Mainz giaceva su un fianco, in posizione fetale. Indossava un maglioncino di lana a *v*, una camicia bianca, jeans.

– Nessuna escoriazione, – commentò il medico legale mentre si rialzava.

– E nessun segno di colluttazione, – aggiunse Manrico, – sembra tutto in ordine.

– Ma 'sto Mainz nun era uno impaccato de sordi?

Cianchetti era sinceramente stupita dall'aria disadorna e precaria del contesto: un divano, due poltrone, una libreria con pochi titoli essenziali, una scrivania con sopra degli incartamenti in apparenza di ambito legale. Un paio di stampe alle pareti.

Il mistero fu chiarito qualche minuto dopo, quando i tecnici della Scientifica autorizzarono Manrico e l'ispettora a perlustrare il resto dell'appartamento. Si ritrovarono in una camera dalle pareti foderate di velluto rosso, con un grande letto circolare circondato da specchi. C'erano un televisore a parete da 45 pollici, un piccolo bagno.

– Ho capito, dotto'. È 'na specie de scannatoio...

Tornarono nel soggiorno-ingresso. I tecnici stavano imbustando due bicchieri che contenevano tracce di liquido. Gatteschi aveva ultimato l'esame del corpo.

– Si direbbe un'asfissia. Il sacchetto, le fascette e tutto il resto...

– Usava questo posto pe' fasse li... per incontrare, insomma, – attestò Cianchetti. – Pure l'altra volta, a noi, c'ha detto che s'era visto co' na escort!

– Due bicchieri, due persone, – confermò Gatteschi.

– Sí, ma il letto è intatto, e non ci sono segni di colluttazione, – si inserí Manrico. – Potrebbe essere il classico incontro erotico finito male, oppure...

– C'è una cosa che mi dà da pensare, – rifletté il medico, – il volto... In autopsia controlleremo meglio, però, a prima sensazione, per quel che si può intuire sotto il sacchetto, non sembrava alterato... La morte per asfissia può essere lunga e dolorosa. Il soggetto si dibatte, gli occhi a volte li trovi schizzati fuori dalle orbite per lo sforzo di cercare aria. Qui invece... Voglio proprio analizzare quei due bicchieri.

– Sospetta che sia stato drogato?

– Non voglio azzardare percentuali, ma... ne sono quasi certo.

– Posso far rimuovere il cadavere?

– Sí.

– Me ne occupo io, – si offrí Cianchetti.

Sbaraccò la Scientifica, sbaraccò la Volante. Cianchetti non riuscí a parlare con la domestica guatemalteca: la poverina, in preda allo shock, dopo il prelievo delle impronte con il kit di primo intervento, era stata accompagnata al pronto soccorso da un'anima caritatevole. Cianchetti telefonò al posto fisso dell'ospedale e pregò il piantone di informare la donna che si presentasse in Procura appena si fosse sentita meglio. Sbirra e magistrato si ritrovarono davanti alla macchina di servizio del Pm. Cianchetti fumava nervosa.

– Se non avessi smesso da una vita, gliene chiederei una, – sospirò Manrico.

– Non è colpa sua, – mormorò lei.

– Sí che lo è. Sapevo che c'era qualcosa che non andava in questo caso. L'ho sospettato sin dall'inizio. E non ho fatto le cose giuste.

– Allora abbiamo sbagliato in due.

– La polizia prende ordini dal Pm, la responsabilità è mia.

– Ma di che caz... di che cosa si rimprovera, in fondo?

– Per esempio, mi sono bevuto la storiella della escort di Mainz.

– Forse non era una storiella.

– Be', non ho controllato, Deborah. Sono stato superficiale.

– Ma andiamo! Chi poteva immaginare... E poi, scusi, chi lo dice che le due morti siano collegate? Chissà quanti affari trattava, 'sto Mainz, senza contare che doveva essere un bel porco.

– Lei crede alle coincidenze? Io no.

In quel momento richiamò Gaspare Melchiorre. Manrico si dette occupato per non rispondere.

– Riunione fra un'ora in ufficio, – disse, cupo, a Cianchetti, prima di montare sulla macchina di servizio.

XVII.

Manrico non era il solo a non credere alle coincidenze. Per la verità, nessuno credeva alle coincidenze. La notizia girò rapidamente, e con altrettanta velocità si impose la narrazione del «mistero dell'Opera». Anche se non c'era nessuna certezza sul primo morto – se fosse o no omicidio – non c'era sito che non si fosse esercitato nel rinvenire collegamenti, corrispondenze piú o meno occulte, legami tutti da dimostrare ma che, intanto, si spacciavano per assiomi. Vera Grant lo aveva cercato, da Milano. Anche lei si era abbeverata alle ineludibili fonti mediatiche.

– Ma che sta succedendo?

– Stiamo indagando, – aveva risposto Manrico, piuttosto burocratico.

– Sí, ma che c'entra questo avvocato Mainz con la Cannelli?

– Lo conoscevi?

– Mainz? E perché avrei dovuto?

– Curava la trattativa per la vendita agli arabi.

– Ma, caro, io mi occupo di moda, non di bilanci. Devo preoccuparmi per Lorenzo?

Che dirle? Niente lasciava presagire un collegamento fra Lorenzo e Mainz. Almeno per adesso. Comunque, l'archiviazione si allontanava. Era presto, troppo presto per qualunque decisione. Aveva voglia di rivederla, Vera, di passare qualche ora, qualche giorno con lei. Ma il maledetto tarlo della giustizia aveva ripreso la sua testarda opera demolitoria. Glissò, consapevole di deluderla con la sua freddezza e mancanza di disponibilità. E se ne sentí ferito. Gli capitava sempre, quando capiva di aver deluso chi gli stava a cuore. Un'estate di tanti anni prima, sua madre aveva deciso che era venuto il momento di impartire all'unico figlio una seria lezione di aristocraticità.

«Ascolta, Manrico: a chi si mostra usualmente disponibile e gentile, o a chi è spesso divertente, si chiede di esserlo sempre. Stanchezza e défaillance non sono tollerate».

«Sennò ci restano male, vero mamma?»

«Proprio cosí, mio caro».

«E allora che dovrei fare?»

«Fatti una bella corazza. Non promettere troppo. Non lasciar intravedere qualità eccessive. Sii parsimonioso di te stesso».

Inutile sottolineare che non aveva mai seguito quel saggio consiglio.

Ma il suo malumore, la sua cupezza erano evidenti. L'intera squadra ne era condizionata. Orru e Vitale non ricordavano un clima cosí pesante dai giorni della morte del fidato maresciallo Scognamiglio. Quanto a Cianchetti, che di Scognamiglio aveva giustappunto preso il posto, restava convinta che il contino stesse esagerando, ma si asteneva, per prudenza, dal ribadirlo. In compenso, il fatto che l'universo mondo fosse stato informato praticamente in tempo reale del delitto di Boccea aveva un risvolto positivo. Irina Zed telefonò in Procura e chiese di parlare con Manrico. Era incredula e sull'orlo di una crisi di pianto. Lei e l'avvocato erano rientrati a Roma la sera prima dal Medio Oriente. Niente faceva presagire quella morte orribile. Manrico le chiese se, visto che si trovava nella capitale, non fosse disposta a passare e rilasciare una dichiarazione; lei assicurò che si sarebbe precipitata.

Mentre la attendevano, fecero il punto della situazione.

– Non ci sono telecamere di sorveglianza né in casa né nei tratti di strada adiacenti, – informò Orru, – e non abbiamo notizia del cellulare della vittima. Forse chi lo ha ucciso se l'è portato via. Però stiamo controllando con i vari gestori per capire se risulta titolare di una o piú schede. In tal caso, potremmo comunque risalire ai tabulati.

– Ho preparato il decreto di perquisizione per la casa ai Parioli, – s'inserí Vitale.

– Bene, – approvò Manrico, – ma per lo studio legale saranno problemi. Ho comunque avvisato il Consiglio dell'Ordine.

– Perché in caso di perquisizione in uno studio legale, – recitò Cianchetti, notoriamente fresca di studi, – occorre la presenza di un avvocato designato dal Consiglio dell'Ordine.

– Nessun giudice, – le ricordò Vitale, – concederà mai di perquisire locali che non siano di stretta pertinenza dell'interessato.

– E men che mai, – chiosò Orru, – autorizzerà il sequestro di pratiche inerenti clienti di altri legali dello studio.

– Quando avete finito il ripasso, possiamo andare avanti? – Manrico era riuscito ad apparire acido al di là dalle sue stesse intenzioni. Vitale e Orru si scambiarono un'occhiata sconsolata. La situazione era proprio seria! Cianchetti, che quando il contino faceva lo stronzo proprio nun se reggeva, infilò con una scusa l'uscita e si dileguò. Per fortuna, si affacciò Brunella, seguita da Irina Zed.

La bella ucraina era una maschera di sofferenza. Il viso tirato, le occhiaie profonde, un pallore eccessivo persino per una donna del Nordeuropa. Vestiva ancora di nero. Aveva i capelli all'indietro, trattenuti da un fermaglio argentato.

– Siamo sbarcati a Fiumicino alle ventuno circa, può controllare.

– Tornavate da Abu Dhabi?

– Sí.

– E com'è andata la trattativa con gli arabi?

Irina aggrottò la fronte.

– La definirei in fase di stallo. Wolfgang... Mainz era molto abile, ma quelli sono ossi duri. La morte di Tito, e soprattutto l'inchiesta, li ha parecchio raffreddati. Però c'era ancora speranza di riprendere il discorso. Adesso, invece...

– Mi racconti di ieri sera.

– Siamo sbarcati, le dicevo. Lui non guidava: un vezzo, credo... Si è diretto verso la fila dei taxi.

– Non ha un autista?

– Non lo so, certo ieri sera non l'aveva, non c'era nessuno ad aspettarlo.

Curioso. L'avvocato non pareva tipo da spostarsi senza un mezzo adeguato.

– Bene, – riprese Manrico, – Mainz prende un taxi. Lo rintracceremo, spero. Magari l'aveva prenotato. Lei, invece?

– Io ero stanca morta. Avevo lasciato la mia auto al parcheggio dell'aeroporto. Sono andata dritta a casa. Non ho nemmeno cenato. Cioè, avevo del gelato in freezer, ne ho mandato giú un po'.

– Ed è crollata nel letto.

– Magari! – Il sorriso di Irina era triste, e il dolore che Manrico percepí nel fondo gli provocò una sincera empatia. – Il sonno non voleva saperne di venire, ho visto un paio di episodi di una fiction, forse tre...

– Si ricorda il titolo?

– *Suburra*. Ma non mi è piaciuta. Troppa violenza. E poi mi sembrava tutto cosí… inverosimile.

– Lei sapeva di questo… studio, diciamo, di Mainz?

– Certo che no! Sapevo che abitava ai Parioli e lavorava in Prati, ma per il resto…

Per scrupolo, per mero scrupolo, Manrico si ripromise di verificare la geolocalizzazione del cellulare di Irina Zed. Non c'era nessun valido motivo. A parte lo scrupolo, appunto. D'altronde, se avesse ecceduto in zelo quando era il momento, forse l'avvocato Mainz sarebbe stato ancora vivo.

– Giudice, – era come se Irina esitasse a formulare la domanda, – lei crede che… che ci sia un legame fra… Tito e Mainz?

– Fra le loro morti?

– Sí.

– E lei?

XVIII.

Prima che il buttafuori del *Blue Gardenia* si lasciasse andare a qualche sgradevole commento a sfondo sessuale, Deborah Cianchetti gli sventolò il tesserino sotto il naso e chiese di parlare con il titolare. L'uomo rispose che il signor Danilo si sarebbe fatto vivo intorno alle dieci, dieci e mezzo di sera. Era ormai scuro quando lei era arrivata al night asseritamente frequentato dal fu Wolfgang Mainz. Ma un'ora di attesa era fuori discussione. Già le intemperanze del contino avevano abbondantemente esaurito la sua modesta scorta di pazienza.

– Facciamo cosí, – ribatté, decisa, – o entro un quarto d'ora questo signor Danilo si presenta, o mi piazzo qua fuori con un paio di colleghi in divisa e identifico tutti quelli che si affacciano, a cominciare dalle mignotte.

– Ma qua non ci sono mi…

– Quattordici minuti e quarantacinque secondi, – scandí Cianchetti, infilando l'ingresso.

L'uomo mise subito mano al cellulare.

Danilo comparve dopo dieci minuti scarsi. Deborah li aveva spesi interrogando un paio di barman, due cameriere con stelline paracapezzoli e un paio di signorine che attendevano… l'avvio dei lavori sorseggiando languide un long drink analcolico. Per il resto: musica soffusa, luci strobo (ancora da accendere), drappeggi cupi e l'atmosfera disfatta di un backstage senza qualità un istante prima della tempesta. Per inciso: neanche l'ombra di un cliente.

– Mi cercava?

Testa lucida, barba da hipster, tatuaggio a ragnatela che copriva buona parte del collo. Giubbotto di pelle, profumo con sfumature di cuoio, un sorriso che voleva essere accattivante. Le pupille alquanto dilatate denunciavano palese familiarità con svariate sostanze. Puro 'sti truzzi della Roma by night li fanno con lo stampino, rifletté Deborah, e dev'esse la versione all'amatriciana dei sorveglianti dei negozi milanesi...

– Vorrei visionare le telecamere di sorveglianza, – l'ispettora saltò i convenevoli.

– Nessun problema, le ultime quarantott'ore sono disponibili.

– E prima?

– Cancelliamo, – si scusò il sor Danilo, – sa, la privacy...

Eh sí, il contino non aveva tutti i torti. Avrebbero potuto controllare a tempo debito. Potuto, che diavolo, potuto: mica dovuto. Un caso ancora non c'era! Ma ripeterselo non aiutava in nessun modo.

– Posso offrirle qualcosa da bere, ispettore?

– Ha mai visto quest'uomo?

Danilo compulsò la foto di Mainz poi restituí il cellulare a Deborah, ancora una volta con l'aria di chi si sta scusando.

– Ma è quel tizio che hanno ammazzato, l'avvocato...

– Esatto.

– Mai visto, mi dispiace. Qui viene un sacco di gente, del resto.

– Non si direbbe, – ironizzò lei.

– Aspetti che si faccia l'ora giusta.

Deborah gli spiegò che gli interessavano i movimenti della notte del 7 aprile. Aveva bisogno di parlare con barman, cameriere eccetera presenti quella sera. Danilo indicò il personale in servizio.

– Eccoli qua. Sono solo loro. Glieli chiamo…

– Già sentiti. Non ricordano niente e nessuno.

– E allora…

– Delle escort che mi dice?

– Quali escort?

Cianchetti squadrò con commiserazione il bugiardo. Certo che ce sta gente che du' pizze te le toglie dalle mani!

– Andiamo, su. Fin qui si sta comportando bene. Ancora un piccolo sforzo di memoria. Mainz ci ha raccontato di aver caricato una escort qui.

– Qui non ci sono escort, – ribadí lui.

– E io so' la moje de Achille Lauro… Che, devo organizza' un'ispezione sanitaria, una verifica sulle uscite di sicurezza? Dimme te…

– Senta, – ammise l'uomo, abbassando la voce, – io sto molto attento, nun me vojo gioca' la licenza, ma… mica posso controllare tutte quelle che entrano…

– E ne entrano tante?

– Può essere.

– Qualcuna abituale?

– Non è che c'hanno scritto in faccia il mestiere che fanno.

– Be', a furia de sta qua, n'occhio te lo sarai pure fatto, no?

Danilo incassò. Deborah capí che non avrebbe spremuto altro da quel limone secco. Magari la storia di Mainz era vera, o magari no. Magari una escort di passaggio l'aveva rimorchiato, e magari li aveva rintronati de cazzate. Aveva fatto un buco nell'acqua. Per il momento.

XIX.

Quando Manrico arrivò in ufficio, Orru gli porse un paio di fogli.

– Di che si tratta?

– Prima pagina: i tabulati di Mainz. Seconda pagina: quelli di Irina Zed.

– Qualcosa di interessante?

– Assolutamente niente. Per lui solo telefonate di lavoro. Poi dalle 23.50 il cellulare è spento.

– Possiamo supporre che da quel momento l'assassino se ne sia impossessato. E che poi se lo sia portato via.

– Possiamo.

– Per quanto riguarda Irina Zed?

– La geolocalizzazione conferma che l'apparecchio non si è spostato da casa.

– Telefonate?

– Nessuna, sino all'indomani. E *Suburra* è disponibile su Netflix.

L'atteggiamento risentito della sarda non era sfuggito a Manrico. Il malumore non dipendeva dal fatto che si ritrovassero a lavorare di 25 aprile. Quello faceva parte delle regole della squadra: con un omicidio caldo da risolvere il tempo libero passava in secondo piano. No, la responsabilità era della sua pessima condotta del giorno precedente. Anche su questo aspetto della sua personalità non erano mancate le critiche materne.

«Prendi esempio dalla regina, figlio».

«Ma quale regina?»

«Che domande: ce n'è una sola, quella d'Inghilterra».

«E che dice, la regina?»

«*Never complain, never explain.* Mai spiegare, mai scusarsi».

«Ma non eri di sinistra, una volta?»

«Che c'entra? Qui stiamo parlando del retaggio di famiglia, caro».

Be': la regina aveva fatto breccia un po' dappertutto. Nelle relazioni di lavoro, per esempio. Ma non avrebbe mai intaccato la mitezza di fondo di Manrico. Estrasse dalla borsa quattro buste bianche e le consegnò a Gavina Orru.

– È per lei. E per tutte voi.

La sarda scartò una delle buste.

– Ma dottore! Sono carnet per il cinema!

– Visto che siete tutte cosí appassionate…

– Non doveva!

– Sono stato insopportabile, ieri. Un piccolo risarcimento era dovuto.

Deborah Cianchetti tornò a interrogare Santocecco Palmerino da Amaseno, l'autista dell'avvocato Mainz la sera del calabrone assassino. L'uomo ribadí punto per punto quanto aveva già dichiarato: era stato segnalato all'avvocato da un cliente, era la prima volta che si incontravano e sarebbe stata l'ultima, aveva prelevato l'avvocato dalla sua casa e lo aveva accompagnato all'opera, poi alla cena, quindi da lí a quel club, dove aveva atteso un paio d'ore, finché non era stato richiamato dal cliente e l'aveva portato a casa. Confermava la sensazione che l'avvocato avesse avuto un'avventura erotica: la pelle, la pelle, e mentre lo proclamava si stropicciava le mani, manco fosse stato lui il fortunato. Deborah era disgustata. A naso, quel tipo non le piaceva affatto. Percepiva una falsità che sapeva di versione costruita. Indizi? Non ce n'erano. Mero intuito sbirresco. Questo Santocecco era ancora da torchiare, restava da stabilire in che modo.

Stava per rientrare in ufficio quando fu chiamata da Brunella. Avevano individuato il tassista che aveva prelevato Mainz all'aeroporto; Deborah raggiunse sul suo scooter la sede della cooperativa, una specie di lager sgarrupato sulla Tiburtina. L'uomo era un pacifico panzone che ciancicava fra i denti uno stecco di liquirizia. Aveva caricato l'avvocato alle 21.15 alla postazione dei taxi di fronte al terminal e alle ventidue circa lo aveva lasciato a via Battistini. Strada facendo, Mainz aveva fatto quattro o cinque telefonate.

– Ricorda a chi?

– Non diceva il nome. Credo che in due o tre occasioni trovò la segreteria, poi fu richiamato.

– Ha sentito cosa si dicevano?

– Poco. Ah, una frase la ricordo: ti aspetto da me.

– A Battistini?

– Io là l'ho lasciato.

Ma quando, verso sera, Deborah riferí alla squadra riunita nell'ufficio di Manrico, Orru notò subito che c'era qualcosa di strano.

– Telefonate, ha detto il tassista?

– Sí, Gavina, telefonate.

– Dai tabulati non risultano.

Per la seconda volta, dunque, affioravano discrasie per quanto riguardava la figura dell'avvocato Mainz.

– Che cosa pensiamo noi se un testimone dice che un soggetto ha telefonato a una certa ora da un cellulare e i tabulati in nostro possesso lo smentiscono?

La prima a rispondere alla domanda di Manrico fu proprio Deborah.

– Due cose, dotto'. O il testimone mente... Però, in questo caso, che motivo avrebbe 'sto tassinaro? Oppure l'avvocato c'aveva un altro telefono.

– Che non è stato trovato, – disse Orru.

Ci fu un comune annuire. Ma come rintracciarlo, questo telefono altro? A nome di Mainz risultava un unico numero. Poteva, il tedesco, essersi avvalso di una scheda estera? Non era da escludere. E in tal caso, rogatorie internazionali a parte, era come cerca' Maria pe' Roma: poteva esse' 'na scheda americana, cilena, cubana, della Papuasia, che cacchio...

– Magari c'ha un prestanome, – azzardò Vitale.

E allora bisognava sentire amici, conoscenti, colleghi di lavoro... Difficile, non impossibile. Forse, con un po' di fortuna...

Vitale relazionò sulla perquisizione. Erano stati prelevati incartamenti per lo piú relativi a cause archiviate o di poco conto. I titolari dello studio del quale Mainz era socio avevano ovviamente opposto ogni possibile cavillo. Il Pc in uso al defunto, per esempio, era stato negato in quanto connesso alla rete dello studio e dunque conteneva materiali sensibili non di esclusiva pertinenza della vittima.

– Qualche dichiarazione interessante dei colleghi?

– Ha presente i muri, dottore? – rispose Vitale. – Sono fatti di mattoni. E lei ha mai sentito parlare un mattone?

– Muti, – sottolineò Cianchetti.

– A parte quant'era bravo, quant'era buono... – ironizzò Orru.

L'ultima notizia della giornata la offrí una telefonata in extremis del professor Gatteschi.

– Il medico legale ci aveva visto giusto, – sintetizzò

Manrico, – Mainz era imbottito di sonnifero. Lormetazepam. Nome commerciale: Minias. Sciolto in un tè alla pesca di confezione industriale. Quando è stato legato e poi soffocato era profondamente sedato. Si spiegano cosí la mancanza di tracce di lotta, l'espressione tutto sommato serena del volto.

– Omicidio premeditato, – tagliò corto Cianchetti, – e so' ca... nostri!

Icastico quanto efficace, convenne Manrico.

Ma nessuno poteva immaginarsi la bomba in arrivo.

XX.

Marilena Marinelli da quasi vent'anni conduceva uno dei programmi televisivi di maggior successo in tema di giustizia: *Giú la maschera*. Bionda, aggressiva, talora spigliata, piú spesso accigliata, contava su un esercito di oltre un milione di follower. Aveva iniziato raccontando cronache di casi controversi. Si era poi dedicata a far riaprire cold case che sembravano destinati all'oblio, e infine, in tempi recenti, era passata ai casi aperti di omicidio piú clamorosi. La sua tecnica era consolidata e verteva intorno a un messaggio chiaro ed esemplare: chiunque si occupi di questa indagine, quella che io sto azzannando al momento, è un idiota o un colluso. Non importa che sia poliziotto, carabiniere, magistrato, finanziere, giornalista d'inchiesta. Il povero ingenuo, o ingenua, brancolerà nel buio finché non scenderò in campo io. Allora, e solo allora, giustizia sarà fatta. Perché io sono l'unica, inimitabile Marilena Marinelli, e voi una massa di imbecilli.

Marinelli detestava Manrico, che piú volte aveva invitato senza successo in trasmissione. Lui era stato pure tentato di andarci, non foss'altro per raddrizzare le piú evidenti bestialità che venivano propinate ai telespettatori. Ma alla fine se ne era astenuto perché consapevole dell'inutilità di qualunque contraddittorio con la bionda e la sua massa di fanatici. L'antipatia era reciproca, insomma. Quel gran figlio di buona donna di Melchiorre, invece, si accodava sovente al coro degli entusiasti. Manrico sospettava che fra Marinelli e Gaspare ci fosse stata, in passato, piú di una semplice amicizia, ma non aveva prove per sostenere la sua tesi. In ogni caso, il procuratore lo aveva avvisato: girava voce che la puntata odierna avrebbe offerto «sensazionali rivelazioni».

Cosí il contino, pur senza averne la minima voglia, si mise davanti al televisore. Esauriti i preliminari – sigla, ringraziamenti, applausi del piccolo e selezionato gruppetto di pasdaran ammessi nello studio televisivo, esame dello stato dell'arte dei casi affrontati nella puntata precedente – Marinelli introdusse con poche frasi a effetto il tema della serata.

Wolfgang Mainz. La sua morte misteriosa: un gioco erotico finito male? C'era un legame con la morte del noto industriale della moda Tito Cannelli, avvenuta solo due settimane prima?

Seguiva dettagliata scheda informativa sull'avvocato, al termine della quale Marinelli chiosava: «In sintesi, un legale affermato, un uomo di successo, un solitario che non ha mai voluto legarsi a una donna, un senza famiglia della cui attività professionale sappiamo, o crediamo di sapere, tutto... Ma sappiamo poi veramente tutto dell'avvocato Mainz? C'è qualcuno che non la pensa cosí. Ed è depositario di una verità alternativa che potrebbe illuminare di una nuova luce la vicenda. Sto parlando di un testimone che ha accettato di raccontarci qui, oggi, una storia che troverà di sicuro orecchie attente fra gli inquirenti. O almeno è quello che ci auguriamo».

A quel punto partí un'evocativa sinfonia di toni cupi. Scomparve la Marinelli e si materializzò una sedia al centro di uno spazio vuoto, piuttosto oscuro. Sulla sedia, inquadrato di spalle, un uomo. Appariva massiccio, la testa coperta da un copricapo di lana. Si presentò come «Pino», specificando che si trattava di un nome di fantasia, adottato per evitare l'identificazione. Affermò di essere un collaboratore di giustizia. La sua voce era alterata da un dispositivo che la rendeva simile a un rimbombo inquietante. Tuttavia nessun artificio era in grado di attenuare il pesante accento calabrese. Per facilitare la comprensione degli spettatori, le parole scorrevano sul sottopancia. A porre le domande fuori campo, un giornalista investigativo, storico collaboratore di Marinelli.

GIORNALISTA Signor Pino, lei apparteneva a un'organizzazione criminale?

PINO Ero nella 'ndrangheta. Sono stato per quindici anni un esponente della cosca di *beep*.

GIORNALISTA Può dirci quali erano le sue mansioni all'interno di questa cosca?

PINO Intervenivo in determinate situazioni.

GIORNALISTA Che genere di situazioni, può essere piú preciso?

PINO (*sospira*) Diciamo quando qualcuno non si comportava bene io intervenivo e ci facevo capire che si doveva comportare meglio.

GIORNALISTA È chiaro. E si trattava di interventi violenti?

PINO Se necessario.

GIORNALISTA Signor Pino, lei conosceva l'avvocato Mainz?

PINO Lo incontrai mi pare nel 2014 o 2015.

GIORNALISTA Dove?

PINO Giú da noi. Mainz era tedesco, ma la madre era calabrese.

GIORNALISTA Quindi aveva legami con la Calabria.

PINO Eh, ma quando dico che la signora era calabrese intendo dire che era quel tipo di calabrese…

GIORNALISTA Sta dicendo che veniva da una famiglia, come possiamo dire… degna di rispetto?

PINO Precisamente.

GIORNALISTA Che ci può dire di questo incontro?

PINO E niente. Eravamo a Palmi, se non ricordo male. Io accompagnavo la persona che doveva incontrare l'avvocato.

GIORNALISTA Ci può dire chi era questa persona?

PINO Si chiama... si chiamava, perché è morto, don Rocco Calamita.

GIORNALISTA Lei intende dire don Rocco Calamita il capo della cosca di Rozzano sul Naviglio?

PINO Proprio lui.

Partí subito una scheda riassuntiva.

Don Rocco Calamita era accreditato come il plenipotenziario delle cosche reggine nell'hinterland milanese. Era scampato a piú processi, finché nel 2004 non si era beccato l'ergastolo per un duplice omicidio commesso negli anni Novanta. Si era dato alla latitanza. Era rimasto uccel di bosco sino all'autunno del 2017, quando, in conclusione di un travagliatissimo iter processuale fatto di condanne, annullamenti, assoluzioni, annullamento di assoluzioni, nuove condanne, ulteriori annullamenti e chi piú ne ha piú ne metta, la Cassazione aveva messo la parola fine liberandolo da ogni accusa. A quel punto, ormai gravemente malato, don Rocco si era ritirato nella «sua» Rozzano, morendo poco dopo a causa di un tumore.

La scheda sfumò e l'inquadratura tornò sul collaboratore di giustizia.

GIORNALISTA Allora, signor Pino. Che cosa può dirci dei rapporti fra l'avvocato Mainz e don Rocco Calamita?

PINO Erano compari.

GIORNALISTA Compari in che senso, scusi?

PINO Compari! (*ridacchia*) Eh, dalle parti nostre compare è qualcuno che ci stai bene assieme... Compari...

GIORNALISTA Sia chiaro, se può: don Rocco e l'avvocato facevano affari insieme?

PINO Si erano conosciuti per via della famiglia della madre. Che poi sono morti tutti, era rimasto solo 'stu avvocato... E conoscenza di conoscenza, avevano qualche cosa da fare assieme. Roba di soldi, non so se mi spiego. L'avvocato sapeva come sistemare i soldi.

GIORNALISTA Intende dire riciclaggio?

PINO Sissignore.

GIORNALISTA E la cosa è andata avanti per molto tempo?

PINO Per un po' di tempo, sí.

GIORNALISTA E poi?

PINO E poi non lo so, io penso che l'avvocato ha fatto qualche cosa che non doveva fare e io non ne ho piú sentito parlare.

GIORNALISTA Non ha idea di che cosa potrebbe trattarsi?

PINO Per sentito dire, ma solo per sentito dire, eh, girava voce che c'entrava la moda.

GIORNALISTA La moda?

PINO Sí, quelli… Come si chiamano… i sarti che fanno i vestiti alle femmine. Però io queste cose le ho solo sentite solo. E non ci siamo piú incontrati con l'avvocato, fino…

GIORNALISTA Fino alla morte.

PINO Fino a che non l'hanno ammazzato.

GIORNALISTA E secondo lei come è andata?

PINO E io che ne so? Mica c'ero!

GIORNALISTA Ma si sarà fatto un'idea, signor Pino?

PINO La mia idea è che sono stati loro.

GIORNALISTA Loro chi? La 'ndrangheta?

PINO (*dopo una lunga pausa*) Parole vostre sono, non mie.

GIORNALISTA Mi scusi, abbia pazienza, signor Pino… ma la 'ndrangheta non usa metodi piú diretti per uccidere? Qui abbiamo un sacchetto di plastica, una droga nel bicchiere, le fascette… quando scende in campo la 'ndrangheta, non si limita a un colpo di pistola e via?

PINO Dipende se c'è convenienza di farlo sapere.

GIORNALISTA Potrebbe essere piú preciso, per favore?

PINO (*sbuffa*) E che c'è da precisare? Se io voglio far sapere a tutti che sono stato l'autore di questo omicidio, ci metto la firma, pam pam, e chi deve sapere sa e chi deve capire, capisce. Ma se io voglio far sembrare che è una cosa diversa, allora trucco le carte. Mi sono spiegato?

GIORNALISTA Ma perché la 'ndrangheta avrebbe dovuto prendersi tutto questo fastidio?

PINO E che vi posso dire? Forse ci doveva dei soldi, e non ha pagato. O forse chi l'ha ammazzato doveva fare un favore a qualcuno…

Dopo una significativa panoramica intorno all'incappucciato irriconoscibile, mentre ancora nelle orecchie dello spettatore risuonava l'eco dell'ultima frase, Marilena Marinelli si riappropriò della scena.

«Pino, dunque, collaboratore di giustizia, ci dice che dietro l'omicidio dell'avvocato Mainz c'è la criminalità organizzata, che però non ha interesse, lui la chiama "convenienza", a firmare il delitto, e quindi simula uno scenario di diverso genere. Noi, intanto, mettiamo a disposizione della magistratura tutti i materiali in nostro possesso, augurandoci che sia fatta presto chiarezza su...»

Manrico spense il televisore con una smorfia perplessa.

XXI.

Quando in un delitto si comincia ad avvertire odor di mafia, scende in campo la Direzione distrettuale antimafia. Vale a dire che se ne occupano i magistrati assegnati alle inchieste di criminalità organizzata. In quel momento il coordinatore della sezione, per delega di Gaspare Melchiorre, era Giuseppe Blumenstein. Uno dei pochi colleghi con cui Manrico avesse buoni rapporti: anche perché suo figlio Alex e Rachele, la figlia di Blumenstein, ne avevano fra loro di ottimi. Cosí, vuoi per amicizia, vuoi per cortesia, e molto per via della reciproca stima, Blumenstein, la mattina dopo la performance del signor Pino, chiamò Manrico e gli chiese se era disponibile per un rapido caffè. La primavera avanzava impetuosa, si poteva affrontare la stagione con un soprabito leggero o una giacca, e non era necessario indossare la sciarpa. Blumenstein lo aspettava in un piccolo bar al ghetto. Indossava la caratteristica kippah.

– Ieri notte hanno danneggiato quattro pietre d'inciampo, Manrico.

– Dove?

– In varie zone della città.

Le pietre d'inciampo sono i sampietrini d'ottone che ricordano le vittime della Shoah. A Roma assumono un valore particolare, essendo legate alla memoria della deportazione del 16 ottobre del 1943.

– Mi dispiace.

– Succede. Ti capita mai di andare allo stadio?

– Di rado.

– Fa' attenzione ai cori. «Ebreo», «zingaro», «negro»... invocazioni a Auschwitz e ai forni. Ogni tanto la Digos fa una retata, per un po' stanno calmi, poi tutto ricomincia. Non ci libereremo mai da questa brutta bestia dell'antisemitismo, amico mio.

Blumenstein buttò giú il suo caffè e, con un tono diverso, piú deciso, come se fosse doveroso scrollarsi di dosso i cattivi pensieri, disse a Manrico che il «signor Pino» era una vecchia conoscenza.

– Attendibile?

– In parte. Un pesce piccolo. Però non ha mai sparato grandi cazzate. Sai come funziona coi pentiti, bisogna andarci coi piedi di piombo.

– Questa storia di Mainz e della moda?

– Di Mainz so poco e niente, a parte che la madre era calabrese... Che peraltro, in difetto di altri elementi concreti, rischia di apparire un pregiudizio razzista. Ma che a suo tempo il clan di Rozzano si sia interessato alla moda, questo è certo.

– Roba di riciclaggio?

– Anche qualcosa di piú. Acquisizione di asset. La 'ndrangheta non è composta solo da sicari baffuti che parlano dialetto estremo. È un'organizzazione duttile, intelligente, ramificata in molti Paesi anglosassoni, e in Germania. Con il lusso si guadagna molto bene. E poi esistono anche le debolezze umane. Don Achille Patriarca, per esempio, un cafone ripulito, sanguinario ma con pretese, diciamo cosí, colte, si era messo in testa di inaugurare un marchio, L'eleganza del capo, dove il capo era lui, ovviamente...

– E che fine ha fatto?

– Ergastolo. Ogni tanto persino la giustizia trionfa. Comunque, mi riservo di controllare, ma un contatto diretto fra Mainz e le ’ndrine non mi è mai capitato. Però tocca sentire quelli di Milano e la Procura nazionale.

– Quello che mi lascia perplesso, – Manrico ordinò un secondo caffè, e Blumenstein si uní, – è la modalità dell’omicidio.

– Sono d’accordo con te, – convenne il collega, – l’ha notato persino il sottopanza della Marinelli, ieri sera. Un killer delle ’ndrine ti spara due botte in faccia, poi butta la pistola al fiume e amen. Questo delitto mi pare troppo complicato.

– Pensa allora se ci fosse un legame con la morte di Cannelli all’opera.

– Eh, sí, il calabrone assassino... – Blumenstein rise. – Intanto, il caso resta tuo. Poi, se ci saranno sviluppi, ne parleremo.

Si alzarono. Blumenstein fece un cenno al cameriere. Manrico si offrí di pagare.

– Già fatto. Questa è zona mia.

– Incontestabile. Ma sai come funziona il senso di colpa... I miei antenati ne hanno fatte di tutti i colori, ai tuoi.

– La mia famiglia viene dall’Assia. Dubito che i nostri antenati si siano incontrati. Invece, si sono incontrati i nostri figli. Secondo te, è una cosa seria?

– Tu che dici?

– Che finché stanno bene insieme, meglio non impicciarsi.

Possono esistere pensieri ugualmente teneri e laici? Be’, Giuseppe Blumenstein ne aveva appena espresso uno. A Manrico piaceva quell’uomo. Avrebbe voluto diventargli amico, frequentarlo di piú. Nel turbine di presenze femminili che caratterizzava la sua vita, aveva trascurato l’amicizia virile. E a volte ne sentiva, acuta, la mancanza.

Ricevette un messaggio. Era di Vera Grant. Un link a ’NDOSPIOSPIO, accompagnato da un emoji sfottente. Lo aprí. A centro pagina campeggiava l’immagine di un grosso insetto striato al quale era stata sovrapposta una tipica faccia da bandito. Il titolo recitava:

ALTRO CHE CALABRONE: QUA CE STA SOTTO ER CALABRESE!

XXII.

Santocecco Palmerino, che la sera della prima all'opera aveva accompagnato dalla presunta escort l'avvocato Mainz, era titolare di una piccola impresa di noleggio con conducente. Aveva due dipendenti. Uno risultava deceduto (ma la posizione non era mai stata aggiornata). L'altro aveva accettato di incontrare Cianchetti al caffè *Paris Nuit*. Nome pomposo per un localino appena decente sul vialone che collegava la borgata al centro. Praticamente a duecento metri da dove Deborah era nata. Roba da fasse veni' 'na botta mortale de nostalgia: e infatti la poliziotta ne aveva approfittato per contattare Sara e Vivi.

Le amiche di un tempo.

Arrivò prima Sara. Grassottella, colpi di sole su brushing a boccoli, gonna sexy.

– Ahò, Deborah, ricordate che hai scritto: colazione offerta! Com'è andata all'opera?

– Voi la verità? Un po' te devo confessa' che m'ha preso... La storia, dico.

– Peccato che nun te sei messa il vestito che te voleva dà Chanel!

Sí, pensò Deborah, cosí dalla Traviata passavamo a Freddy Krueger... Sara intanto continuava a bombardarla di domande.

– Ma come hai fatto colle parole? Quanno cantano tutte «tiú tiú, boo. Boo», – e qui la donna si produsse in un tentativo di imitare l'acuto del soprano e il greve del basso, – nun sai mai che dicono!

– Sopra al palcoscenico passa 'na scritta coi dialoghi.

– E se capisce? Non è italiano antico?

– A Sara, e con un po' d'applicazione c'arivi puro te! Ma com'è che te sei messa cosí in tiro?

– Alla concessionaria viene in visita il General Area Manager, – annunciò l'amica, con aria finto sussiegosa, – e il capo ha ordinato: fatte bella!

– Non sarà un po'… eccessivo?

– A Deborah, lo sai com'è quello…

– E tu gli stai ancora appresso?

– Guarda che se voi litiga' nun è giornata, eh!

Da quanti anni Sara aveva una storia con Sergio? Lo sposatissimo Sergio che «domani glielo dico, te lo giuro, la lascio e vengo a vivere con te, ma dammi un po' di tempo, sai com'è mia moglie, ne soffrirebbe tanto…» E intanto lei mandava avanti la concessionaria dell'usato e il furbacchione, che manco sapeva fa' due piú due, incassava.

– Scusa, Sara. È che nun se vedemo da tanto!

– Appunto!

Un lungo abbraccio sciolse l'imbarazzo. E fu mentre si ciancicavano affettuosamente che Vivi le sorprese. Vivi all'anagrafe faceva Maria Assunta Vitaliana, e bastava questo a giustificare il soprannome da cane e una certa pazzia di fondo. Era da un po' che non si vedevano. L'amica aveva rinunciato all'abituale frezza viola a metà acconciatura, i capelli erano raccolti a coda di cavallo. Senza trucco, era insaccata in un ampio camicione premaman.

Deborah sentí che le forze l'abbandonavano. Avrebbe voluto schiantarsi a terra. Strisciare sul linoleum del pavimento. Farsi spuntare le ali e spiccare il volo verso il sole, cosí da bruciarsele, come quel rincoglionito de Icaro. Vivuccia aspettava. Neanche due mesi prima Deborah aveva creduto di essere incinta. Ma era stata una breve illusione, e la ferita della mancata maternità era ancora fresca, dentro di lei. Fresca e lacerante. Per quanto potesse essere gentile e paziente, a tratti adorabile, la stessa presenza fisica di Diego Cosenza, il suo compagno e mancato padre, da allora le risultava talvolta intollerabile. Lui ci avrebbe riprovato anche subito. Lei ancora non se la sentiva. Ferocemente delusa, e un po' in guerra col mondo, aveva bisogno di tempo. Di tempo, e di pace. E invece, niente.

– Be'? E nun me dici gnente?

Vivi era delusa. Sara, interdetta, non sapeva dove guardare.

– No, è che... è che io so' stronza! – urlò Deborah, sforzandosi di apparire allegra.

Le amiche compresero qualcosa? Forse. Sta di fatto che partí un altro abbraccio. E nel giro di cinque minuti il piccolo tavolino rotondo in fondo alla sala era pieno di tazze semivuote, briciole di cornetti e bombe fritte, le due che la gravida aveva ordinato e s'era spazzolata senza misericordia.

È bello ritrovarsi, pensava Cianchetti, bello illudersi di poter fermare il tempo. Sergio non lascerà mai la sua angosciante moglie, e a Sara sta bene cosí. Vivi farà un figlio con il suo Giorgio, che nel frattempo perderà un lavoro dopo l'altro, e lei si caricherà di un lavoro dopo l'altro e continuerà a mantenerlo, e a lei sta bene cosí. E io...

– 'O sapete chi semo noi? – domandò all'improvviso, mentre Vivi aveva appena finito di ordinare un maritozzo alla panna.

– E chi semo? – interrogò Sara, a bocca piena.

– Semo come le leonesse.

– Ma che stai a di'! – rise Vivi.

– Ma sí! Le leonesse cacciano, sfamano i cuccioli, li allevano. Il maschio nun fa un cazzo, se presenta quanno la tavola è apparecchiata, e le femmine devono pure da fa' attenzione che non je se magna i leoncini...

– Ma dài! – protestò Sara.

– È cosí, ve dico: perché quelli c'hanno sempre voja, i maschi, e le cure parentali non se le filano, anzi, prima i piccoli sbaraccano e prima «se fa».

– Vabbe', so' bestie, che ce poi fa', – cercò di consolarla Vivi.

– Ma chi? – e qui Sara finse stupore, – i maschi o i leoni?

– Tutti e due! – confermò Vivi, mentre il cameriere, forse nordafricano, posava il maritozzo sul tavolo impossessandosi poi del vasellame usato.

– È 'na metafora, – aggiunse Deborah, con l'aria trasognata.

– Una che?

– Sarebbe a di' che sembra la stessa cosa, ma detta con parole diverse.

– Me sa che l'esame da commissario lo passi! – approvò Vivi, a bocca piena.

– Sí, ma nun fa' er fenomeno, – ammoní seria Sara, – che se je pari troppo brava, 'i fai rode', e te seccano!

Metafora, sí, metafora, continuò a pensare Cianchetti, dopo che le amiche si furono rumorosamente allontanate urlando «Ahò, e salutace Simba!» E il discorso valeva pure per il mestiere di Deborah. Quando va a caccia, la leonessa afferra la preda e non la molla finché quella nun s'arrende. Può essere uno gnu, una gazzella, una zebra o uno zebú, alla fine il pasto è assicurato. Poi, dice che gli animali so' crudeli, ma de che? Ma quando vedi i documentari, vedi un milione di gnu e du' leoni spelacchiati che se morono de fame. Non gliela vogliamo dare, un po' di carne fresca, a quei poveracci? E cosí è la Pg, la polizia giudiziaria. Almeno nell'interpretazione di Cianchetti Deborah: azzanna e non molla. Quindi: che il contino si occupasse della mafia, dei calabresi e compagnia cantante. Lei stava dietro a Santocecco Palmerino. Perché magari in casa del de cuius c'era entrato don Rocco, er calabro con la lupara, ma quello, il morto, la sera dell'opera, dove cavolo era andato? E 'sta escort misteriosa, chi era? E se puta caso s'erano dati appuntamento e quella, zanghete, se l'era cotto a puntino… Altro che 'ndrangheta… Sí, se c'era uno che poteva sape' qualcosa, era quell'Ncc bugiardo patologico. Lo gnu che prima o poi avrebbe sfamato la famigliola de leoni.

Il suo testimone si presentò con una ventina di minuti di ritardo. Era piccolo, secco, ingrugnato.

– Santocecco? Puh! – e il tipo sputò per terra.

– Non le sta simpatico, a quanto pare.

– Chillu strunze!

– Avete litigato?

– M'ha cacciate, accussí, dalla sera alla matina!

– E come fa, scusi, a muovere le tre macchine?

– E come deve fa'? A nero!

– Ma cosí rischia la licenza.

– E lo devono becca', si no camba cavalle!

Be', era una notizia interessante, in ogni modo. Uno strumento di pressione da non sottovalutare. Ma non finiva qua. L'ex dipendente, che a giudicare dall'accento aveva origini non difformi da quelle del Santocecco, aveva davvero il dente avvelenato.

– E poi è proprio taccagne, proprio!

– Pagava male?

– Quello s'è futtuta la capa co' la cubana.

– Quale cubana?

– La compagna sua... Mo', compagna... chissà 'ndo l'ha raccattata, a chella! Gladys! Mah!

Era il momento di fare altre due chiacchiere con Santocecco.

Santocecco abitava in una villetta con annesso giardino in località La Storta. Finestre sbarrate, garage con saracinesca abbassata, porta serrata. Da un vicino Cianchetti apprese che «Rino e Gladi» erano andati a trovare una zia dell'uomo.

– Dove?

– Al paese, penso.

– E non sa quale paese?

– Eh no, che con questi è bongiorno e bonasera, e niente di piú.

– E sa quando torneranno?

– Boh, domenica?

Deborah fece una verifica anagrafica. Santocecco viveva da solo. E con questa erano due. Due preziose dritte. Perché 'sta Gladys non risultava censita. E quanno 'na straniera nun risulta censita, ce sta quarcosa sotto. Ecco cosa le suggeriva l'intuito sbirresco. La giornata, nel complesso, non era andata male.

XXIII.

Intanto, Manrico incassava un prezioso assist da Irina Zed. Informata del video del pentito di 'ndrangheta, la donna aveva chiesto di essere sentita per una breve dichiarazione. Manrico la ricevette senza indugio. Irina Zed disse che cinque anni prima aveva assistito a un litigio fra Tito Cannelli e Mainz.

– Era sera tardi, io avevo finito un lavoro e mi ero trattenuta per rimettere in ordine alcune cose. A un certo punto ho sentito gridare e sono accorsa a vedere. Erano nell'ufficio di Tito: lui e Mainz. Discutevano a voce alta, altissima. Era una vera e propria lite, dottore.

– Si ricorda il motivo?

– Guardi, erano molto alterati. Io stessa avevo paura a farmi avanti. Urlavano, ma non si capiva... Cioè, si capiva che Mainz aveva fatto o stava per fare una cosa che Cannelli non voleva nel modo piú assoluto.

– Che cosa?

– Ma non lo so! Mi torna in mente solo una frase: non voglio avere niente a che fare con quella gentaglia.

– Ne ha riparlato con Cannelli?

– No, non c'è stata l'occasione. Poi lui e Mainz si rappacificarono, e Wolfgang ha continuato a essere il nostro avvocato.

– Che periodo era quello?

– Io personalmente ero in una fase di passaggio, avevo

smesso di sfilare già da un po', mi stavo impratichendo delle dinamiche aziendali... Per la maison invece era un periodo pessimo. Le ordinazioni erano in calo e i fornitori reclamavano i pagamenti. Abbiamo davvero temuto la bancarotta. C'era aria di svendita.

– Questo avveniva poco prima dell'arrivo di Lorenzo Righi.

– Certo.

Manrico chiese a Irina di sottoscrivere il verbale. Notò che, mentre la donna firmava, la sua mano fu scossa da un lieve tremolio. Irina Zed stava perdendo freschezza, come se qualcosa la consumasse dentro. Aveva subito un colpo durissimo, e stentava a riprendersi.

Manrico si affrettò a sottoporre il documento all'esame di Blumenstein, che lo raggiunse nel suo ufficio.

– In sostanza, Manrico, la signora lascia intendere che Mainz cercava di vendere, e che fra i possibili acquirenti c'erano i calabresi, la gentaglia di cui parlava Cannelli.

– Sembrerebbe proprio cosí.

– Mah, – concluse il collega, scettico, – può essere. Dovremmo pensare che per tutti questi anni il nostro Mainz ha mantenuto contatti piú o meno segreti con... già, con chi? E a che scopo, poi?

Si accumulavano interrogativi senza risposta, insomma. Il week-end si avvicinava. Vera Grant declinò il suo invito: c'era la presentazione della nuova collezione di Alexander McQueen a Londra.

– Dicono che senza di lui non è piú la stessa cosa, ma, credimi, la maison ha un suo perché, ancora adesso...

Manrico si ritrovò cosí a palazzo Van Winckel, con la sua musica e la sua solitudine. La madre e Camillo si erano rifugiati a Sabaudia. Lui non se l'era sentita di seguirli e aveva accampato una scusa. Giocherellava con un tumbler di whisky torbato, cercando invano ispirazione nella *Bohème*. Per quanto lo riguardava, c'era un solo aspetto che lo collegava, in qualche misura, al regno dell'irrazionale: l'opera. Era convinto che non esistesse situazione umana, incluso il delitto, che non fosse stata affrontata da un melodramma. Dinanzi al delitto, dunque, si trattava di individuare l'opera di riferimento. Era un gioco, e non lo era: in alcuni casi scottanti il meccanismo opera-crimine aveva funzionato. Perché nell'opera si annidano i moti profondi dell'animo, e i delitti, tutti i delitti, da quello dipendono, in ultima analisi: da un'alterazione dei moti dell'anima. Che poi, in apparenza, si parli di interesse o di passionalità, poco conta: alla radice c'è sempre la piú micidiale e pericolosa macchina assassina che sia mai stata concepita. L'essere umano.

Ed era proprio questo, il punto debole del caso Mainz: mancava l'ispirazione. Cioè, mancava l'opera di riferimento. Manrico sentiva che, stavolta, il collegamento fra il delitto e l'opera sarebbe stato difficile da reperire. Non voleva nemmeno pensare all'eventualità che un simile collegamento non esistesse. Avrebbe significato fallire. Forse. Ma insomma, non doveva scivolare nella superstizione. Non a poco piú di un mese dal caso del mago ucciso a Trastevere, brillantemente risolto. Ma un'opera che legasse il crimine al mondo della moda… No, non gli veniva in mente. L'unico, quanto mai labile aggancio, era, per il momento, Lucia detta Mimí. Cosí si presenta nell'umida e gelida soffitta a Rodolfo nel primo quadro del capolavoro pucciniano:

A tela o a seta
ricamo in casa e fuori…

Son tranquilla e lieta
ed è mio svago far gigli e rose.
Mi piaccion quelle cose
che han sí dolce malía,
che parlano d'amor, di primavere,
di sogni e di chimere,
quelle cose che han nome poesia...

Ma come paragonare l'umile e candida «grisette» parigina, col suo tombolo e i suoi deboli polmoni, al glamour di Maison Cannelli?

XXIV.

Sono dunque emersi evidenti collegamenti fra il decesso, per cause che allo stato devono considerarsi naturali, del comm. Cannelli, titolare dell'omonima casa di moda, e l'omicidio commesso alcuni giorni dopo in danno dell'avvocato Wolfgang Mainz, che, fra le sue altre attività, curava gli interessi della predetta «maison».

Per l'ennesima volta Manrico cancellò la frase. Il testo precedente, quello appena rimosso, era sostanzialmente identico. A parte quella particella significativa: «non».

Non sono dunque emersi evidenti collegamenti...

Gaspare Melchiorre gli aveva chiesto un'informativa finale, e quanto piú ampia possibile. In realtà, sottintendeva due sole domande: ci sono due delitti? Sono collegati fra loro? Ma la risposta restava impossibile da dare. Non c'erano abbastanza elementi per concludere in un senso o nell'altro. Ecco l'ennesimo esempio di quel paradosso del diritto al quale i piú non riescono a rassegnarsi: la sua scivolosa indeterminatezza. Hai voglia a invocare «la certezza». Non esiste, nel campo delle attività umane, scienza meno scientifica, territorio piú ambiguo.

E il week-end non aveva portato consiglio.

Si rimise a compulsare gli atti. Un suo vecchio maestro, un anziano Pm di scuola napoletana, una volta gli aveva regalato un portacenere che recava l'incisione *leggiteve 'e carte*. Trascrizione in gergo dell'antico brocardo *quod non est in actis, non est in mundo*, ciò che non è agli atti non esiste. Riguardò l'autopsia di Cannelli, i verbali dei testimoni della cena di gala, i fotogrammi dei video amatoriali e delle telecamere di sorveglianza, le dichiarazioni di Mainz, la ricognizione della Scientifica nello scannatoio di via Mattia Battistini... Non riuscí a trovare le dichiarazioni della guatemalteca, cioè della persona che aveva rinvenuto il cadavere. Eppure, dovevano essere da qualche parte...

Si affacciò sulla segreteria. Vitale stava esaminando gli incartamenti relativi all'attività professionale di Mainz, con scarsi, per non dir nulli, esiti, nonostante l'impegno profuso. Orru combatteva contro il Pc della vittima, quello prelevato dal suo appartamento. Si era imbattuta in un certo numero di sbarramenti di sicurezza installati da un professionista. Si era insospettita. Aveva deciso di andare avanti. Era riuscita a forzare i primi blocchi, ma a parte reiterate scorribande in siti porno o bacheche di escort, non era emerso niente di particolarmente stimolante.

Manrico chiese alle due poliziotte se per caso avessero idea di dove trovare la dichiarazione della domestica di Mainz. Ma loro non ne sapevano niente. Allora pregò Orru di controllare le note di trasmissione, cosa che la sarda fece in meno di un minuto. Nulla. Se la dichiarazione esisteva, non era stata trasmessa all'ufficio.

– Forse ne sa qualcosa Cianchetti, – ipotizzò Vitale, e si affrettò a telefonarle.

Deborah si accese una sigaretta. Era di nuovo davanti all'ingresso, tuttora sbarrato, di casa Santocecco. L'autista si doveva essere concesso il ponte, visto che ancora non si decideva a rientrare. In compenso, grazie alla chiacchierata con un collega del commissariato di zona, ora Cianchetti conosceva l'identità della compagna dell'uomo. Gladys

Marceca, cubana, ventotto anni. A suo carico risultavano svariati fogli di via per esercizio della prostituzione. Di bene in meglio!

L'ispettora rispose al primo squillo.

– Sandra!

– Ciao, Deborah. Con il dottor Spinori, qui, ci domandavamo se avevi preso tu a verbale la guatemalteca, la domestica che ha trovato il corpo di Mainz.

– Era sotto shock, l'hanno portata in ospedale. Ero d'accordo con i colleghi del posto fisso che l'avrebbero mandata da noi appena si fosse ripresa.

– Be', qui non è venuto nessuno.

– Prova a sentire l'ospedale, allora.

Cianchetti finí di fumare, poi tornò a bussare al vicino, gli porse un biglietto da visita, lo pregò di telefonarle non appena avesse visto rientrare Santocecco. L'uomo protestò. Lui non voleva impicci, fra vicini manco si conoscevano, buongiorno e buonasera, e insomma tutto il campionario del cittadino medio al cospetto della divisa. Il tipico atteggiamento che la mandava fuori dai gangheri: oh, tutti a di' male degli sbirri, ma poi tutti a piagne e chiede aiuto per la prima cazzata... Stava per spedirlo a quel paese quando Vitale richiamò.

– Tu non ci crederai, ma i colleghi l'hanno rimandata a casa senza prenderla a verbale. E mica le hanno detto di presentarsi da noi!

– Mi dài l'indirizzo?

Mentre annotava, Deborah si accorse che il vicino di Santocecco le aveva praticamente sbattuto la porta in faccia. Con un sospiro, si avviò allo scooter. Duemilacinquecento euro al mese pe' rischia' la pelle in nome del popolo italiano!

XXV.

Dolores Acunta occupava la portineria di uno stabile dignitoso in una traversa di via Battistini, non lontano dal garage-scannatoio del fu avvocato Mainz. Era una donna piccola, dai capelli nerissimi, gli occhi grandi e tondi, l'aria spaventata. Il gabbiotto profumava di deodorante fiorito per ambienti. Un bimbetto, forse il figlio, razzolava ai piedi della donna tentando di impilare cubi con grandi lettere impresse sui lati, ma quelli cadevano di continuo per terra. Il piccolo, testardo e concentrato, provava e riprovava, e ogni volta andava un po' meglio della precedente.

Un mare di tenerezza eruppe dalle viscere di Deborah.

Doveva decidersi: o rinunciava all'idea della maternità, o tentava di nuovo. Appena possibile.

– Come si sente, signora Acunta?

La donna aprí un cassetto e le porse il passaporto e il permesso di soggiorno. – Io sono in regola, – disse, la voce tremante, – può controlar i documenti, è tutto regolare. Mio marito è portiere, qui, io faccio le pulizie. Lui oggi está accompagnando vecchia professora Rossi dal medico, e io lo sostituisco.

Dolores era spaventata. Aveva qualcosa da nascondere? Chissà. C'è mai qualcuno che non abbia qualcosa da nascondere, in fondo?

Deborah accarezzò il bambino, gli fece i complimenti, chiese come si chiamava – Cristián – cercò in tutti i modi di mettere a suo agio la testimone. Un po' alla volta, la signora Acunta sembrò rilassarsi. Deborah la invitò a ricostruire i movimenti di quella mattina. Lei raccontò che si era alzata alle sei, aveva preparato il bambino per l'asilo, l'aveva accompagnato, poi aveva cominciato il giro delle pulizie: aveva molte case in zona, tutti le volevano bene perché era una grande lavoratrice, era pulita e rispettosa e si faceva i fatti suoi. – Antes de aprire ho bussato, faccio siempre así, quando è mattina presto...

Ma lui non ha risposto.

– No. Allora ho pensato: non c'è. Entro. E vedo...

Si prese la testa fra le mani. Deborah le cinse le spalle in un gesto protettivo. La donna confermò di non aver toccato niente. Appena si era resa conto dell'accaduto, dopo qualche secondo impiegato a recuperare lucidità, si era preoccupata di dare l'allarme.

– Conosceva da molto tempo l'avvocato Mainz?

– Un año. Desde quando siamo venuti a vivir aqui.

– Quanti giorni alla settimana faceva le pulizie da lui?

– Dos. Pero ogni tanto lui me chiamava e me diceva: Dolores, también domani serve che vieni, e io andavo. Pero...

– Però? – la incoraggiò Deborah

– Non è che lui vivesse là, spesso no estava, anzi, quasi mai. Usava quel luogo per...

– Ci portava delle donne, che lei sappia?

– Non ho visto niente, – e nuovamente scattava sulla difensiva. – Solo qualche volta si capiva... Il letto... O che aveva bevuto... Insomma, si capiva che è stato con qualcuno, pero io non ho nunca...

Improvvisamente, il piccolo balzò in piedi e si mise a battere le manine. Era riuscito a edificare una specie di piramide con i cubi. Una piramide che reggeva. Deborah gli disse che era stato bravo. E quello, tutto orgoglioso, dopo aver annuito, con una manata abbatté la piramide.

– Cristián! – lo redarguí la madre.

Deborah sentí di essere sull'orlo di una crisi di pianto.

– Signora, non le faccio perdere altro tempo, – disse in fretta, mentre cercava di dominare l'emozione, – mi dica ancora una cosa: che tipo era, l'avvocato Mainz?

– Uno che parla poco, – ci tenne a puntualizzare la donna. – Un poco… Cómo se dice quando… Non dài confianza…

– Freddo?

– Frío, sí, pero buono. Pagava siempre. Mai una parola cattiva. A Natale, per la befana, o se partiva, dava siempre una… mancia. Una vez mi ha chiesto un favore, poi mi ha dato la mancia

– Che favore?

– Un telefono.

– Le ha domandato di usare il suo telefono? – scandí lentamente Deborah. Un piccolo, ma insistente campanello d'allarme suonò nella sua testa.

– No, no. Ho comprato un telefono e l'ho dato a lui.

– Cioè, mi faccia capire: lei ha comprato un telefono a suo nome e lui lo usava?

– Eso. È ilegal?

Deborah la rassicurò. – Signora Acunta, lei ci è stata di grande aiuto! Un'ultima cosa: si ricorda in che negozio ha acquistato questo telefono?

Dolores ricordava. Deborah annotò l'indirizzo. Il piccolo Cristián lanciò un urlo da cheyenne e si piantò davanti alla poliziotta a gambe larghe, le mani sui fianchi.

– Es una torre. ¡Mira!

Deborah gli fece una carezza sulla guanciotta, e scappò via prima di crollare.

Appena fuori dal portone, comunicò la notizia a Orru: l'avvocato aveva un cellulare di riserva a nome di Dolores Acunta.

XXVI.

Ai suoi tempi, Karolina von Haltenburg-Arheim era stata una leggendaria modella, un'icona pop, la musa di strafatti, litigiosi artisti in fuga da sé stessi, eppure capaci di sublimi e imperiture realizzazioni. Poi era scomparsa dai radar. Non rilasciava interviste da vent'anni. Quando Manrico aveva dato graziosamente a intendere che avrebbe potuto organizzare un incontro, Vera Grant gli aveva dato del millantatore. Si era dovuta presto ricredere.

L'altera dama, alle prime ore di un pomeriggio uggioso, spalancò per lei e per il contino il cancello della sua villa sulla via Appia Antica, e li invitò a entrare con un largo e disponibile sorriso.

Mentre seguivano la von Haltenburg verso un gazebo sotto un glicine che mostrava tracce di una titubante prossima fioritura, Vera afferrò la mano di Manrico e lo costrinse a rallentare il passo.

– Ora mi dici come hai fatto.

– Karolina e mia madre si conoscono piú o meno dal Sessantotto.

– Amiche?

– Si detestavano.

– E allora come…

– Karolina sposò un mezzo cugino dei Macchia del Matteo, un casato vicino agli Spinori. Questo Annibale era un vero delinquente, alcolista, e picchiatore. Karolina una notte fuggí, e venne a rifugiarsi da mia madre.

– Ma non si detestavano?

– Sí, ma mia madre Annibale lo *odiava*. Cosí aiutò Karolina a portare a termine un divorzio decisamente vantaggioso.

– Tua madre dev'essere una donna fantastica.

– Puoi dirlo forte. Fantastica e problematica.

– Voglio conoscerla.

– Credo che le piaceresti.

– È un requisito indispensabile per procedere con la nostra frequentazione?

Prima che Manrico potesse rispondere, Karolina, che li precedeva, si voltò, e radiosa li sollecitò a «darsi una mossa». Il suo italiano non recava che una tenue traccia dell'origine germanica.

Esauriti i rapidi convenevoli, Vera fu autorizzata dalla nobildonna a registrare la conversazione. Karolina aveva una gran voglia di raccontarsi, dopo vent'anni di silenzio. Manrico fu dimenticato. Con un lieve sorriso, il magistrato si allontanò di qualche passo, lasciando sole intervistata e intervistatrice.

Gli ultimi giorni avevano portato qualche novità. Blumenstein gli aveva fatto sapere che nella Direzione antimafia si discuteva animatamente del caso Mainz. Le pressioni mediatiche – in testa l'eterna Marinelli – erano consistenti, ma molti sostituti, incluso lui stesso, dubitavano della fondatezza delle dichiarazioni di «Pino». Gli indizi, poi, erano quanto mai labili.

«Questione comunque aperta, Manrico».

«Non preoccuparti. Decidete presto, eh!»

A nessuno piace essere esautorato, ma per Manrico poteva persino essere una buona notizia. In primo luogo, non era venuto a capo di niente, dall'opera non era giunta alcuna suggestione, e quella morte restava un rebus. In secondo luogo – e questa era la cosa piú importante – liberarsi del caso significava troncare quel pericoloso coinvolgimento emotivo che aveva il volto, l'andatura, il profumo e il fascino di Vera Grant.

Per il momento, comunque, si andava avanti.

Vera lo aveva chiamato la sera di due giorni prima, dall'aeroporto.

Era tornata da Londra e aveva un po' di tempo a disposizione.

Si erano rifugiati a Sabaudia senza informare nessuno: a parte, ovviamente, il fido Camillo.

Era stato come immergersi in un breve sogno, un sogno che bruciava lento, come un buon sigaro accompagnato dal giusto whisky. C'erano state lunghe passeggiate, nuotate, molto amore. La stagione del conoscersi. E dell'ascoltare. Era stato esaltante, per Manrico, non sentirsi in dovere di apparire spiritoso e seducente a tutti i costi. Con Vera si era instaurata un'intesa istintiva, scandita da ricorrenti fremiti intellettuali. Gli era già accaduto, in passato. Con Adelaide, la sua ex moglie. Le relazioni che avevano lasciato il segno non erano mai state solo una questione di sesso. Senza affinità si trattava unicamente di meccanica dei corpi.

– Che donna incredibile! – La voce della giornalista lo destò dai suoi pensieri.

Karolina si era assentata per un paio di minuti.

Vera trovava di suo gusto il giardino, anzi, il parco della villa: disordinato, selvaggio, una Medusa dalla chioma ribelle, come la sua padrona.

– Vedrai l'interno… – anticipò Manrico. – Gli Schifano, i Moore, i Guttuso, Boetti, Angeli…

– Hai mai pensato di darti alle Pr, Manrico?
– Pr?
– Pubbliche relazioni.
– Cioè?
– Con la rete di conoscenze che hai, il nome che porti... potresti smettere di cercare di salvare il mondo dai cattivi e aprire uno studio di consulenze. Cioè, quello che hai fatto per me oggi potresti farlo su larga scala. Tipo: metti in contatto Tizio con Caio, convinci il barone Pinco a prestare alla National Gallery i suoi Caravaggio, dietro ovviamente adeguato compenso e mediazione.
– E questo sarebbe un lavoro?
– Dio, come sei antiquato!
Karolina riapparve. – E ora, se permetti, Manrico, vorrei mostrare alla tua amica la mia collezione. Da dove cominciamo? Ah, dalle sculture... Seguitemi, vi prego.
In quel momento squillò il cellulare. Manrico chiese permesso e rispose alla chiamata. Era Gavina Orru.

Vera Grant stava cercando l'inquadratura giusta per fotografare un grande cavallo di Mimmo Paladino.
– Che gliene pare, cara?
– Ieratico.
– Io direi: olimpico. E cosí carico di vita, cosí vicino a noi e nello stesso tempo cosí denso di eternità...
Manrico raggiunse le due donne. Aveva l'aria cupa e tesa. Si scusò, ma doveva rientrare con urgenza in ufficio.
Vera lo vide allontanarsi, e uno strano presentimento le trasmise un inspiegabile senso d'allarme.

XXVII.

L'intervista era stata magnifica. Vera ne avrebbe di sicuro tratto un pezzo memorabile. Aveva cercato Manrico svariate volte, senza però riuscire a contattarlo, e infine si era decisa a prenotare un posto sull'ultimo treno alta velocità per Milano. Evidentemente il contino doveva essersi imbattuto in una rogna considerevole. Altrimenti non sarebbe sparito cosí, senza dare spiegazioni. Perciò fu molto sorpresa quando si sentí chiamare a gran voce, un attimo prima di salire sul taxi che il portiere dell'albergo le aveva rimediato.

– Vera! Devo parlarti, aspetta!

Su Roma si era abbattuto un antipatico piovasco. Manrico prese il trolley della donna. Lei chiese al taxi di aspettare. Si ripararono sotto la tela spiovente di un bar chiuso.

– Mi farai perdere il treno, Manrico.

– Vera, ascoltami. L'avvocato Mainz usava un cellulare che non era a suo nome.

– Scusami, Manrico, mi hai piantata a metà pomeriggio e adesso mi trascini sotto la pioggia per dirmi questo?

– Abbiamo ottenuto i tabulati e li abbiamo studiati. La sera in cui è stato ucciso, pochi minuti prima di essere ucciso, Mainz ha fatto alcune telefonate.

– E?

– Tutte allo stesso numero. Quello di Lorenzo Righi.

Vera alzò le braccia in segno di resa. Manrico le afferrò un polso.

– Capisci cosa significa?

– Capisco che tu hai una fissazione per quel ragazzo, Manrico, – ribatté lei, gelida.

– Qua non si tratta di fissazione, Vera. È un sospettato.

La pioggia era aumentata di intensità. Vera strinse i pugni. Si dominava per non urlare.

– Lorenzo è un creativo, un artista, sarà uno originale, anzi, lo è sicuro, ma non è un assassino. Come può venirti in mente…

– Allora mi deve spiegare che rapporti aveva con Mainz. E perché Mainz lo stava cercando poco prima di essere ucciso.

– E lo chiedi a me? Fattelo spiegare da lui, che cavolo.

– Lo chiedo a te perché Righi non si trova.

– Be', è un libero cittadino, sarà andato da qualche parte. Ora, se mi permetti…

– Vera, – e qui il tono di Manrico si fece appassionato, – ti sto offrendo l'opportunità di aiutarlo. Fammi parlare con lui.

– Questo è un film che ho già visto, caro. E poi: chi ti dice che io…

– Io credo che voi due siate molto legati. E credo che se fossi tu a contattarlo, a te risponderebbe.

– Il taxi se n'è andato, cazzo!

– Vera…

Si fissarono per un lungo momento, quasi ingaggiando una guerra di sguardi. Poi Vera annuí lenta e la sua mano scivolò nella tasca. Estrasse il cellulare. Compose un numero. Lorenzo rispose al terzo squillo. Vera passò l'apparecchio a Manrico.

– Righi? Mi ascolti, sono Spinori.

– Ancora lei! Ma è una persecuzione!

– Mainz l'ha cercata, prima di essere ucciso. Che cosa voleva?

– Vallo a sapere! Quell'uomo era confuso, sa? Parlava dei francesi…

– I francesi?

– Sí, esatto. I francesi. Diceva che dovevamo incontrarci a proposito di certi francesi. Tutto qui.

– E lei c'è andato?

– No. Soddisfatto?

– Dovrò interrogarla… Righi?

Aveva attaccato. Manrico restituí il cellulare.

– Vera…

Con un ultimo sussulto, l'acquazzone si estinse. Vera si tuffò verso un taxi che passava e riuscí a bloccarlo al volo. Manrico la seguí con la valigia. Lei gliela strappò di mano.

– Vera, devo parlare di persona con lui.

– Adesso basta, Manrico. Tutti questi giorni, tutte le volte che ci siamo visti… Tu non hai pensato ad altro che… che alla tua inchiesta.

– Non è cosí, credimi.

– Ah, guarda, credimi tu. Non abbiamo piú niente da dirci.

Vera montò sul taxi, che partí subito.

Lorenzo Righi mentiva. Il suo cellulare era stato geolocalizzato. In orario compatibile con quello della morte di Mainz l'apparecchio aveva agganciato la cella di via Battistini. Voleva dire che stava andando dall'avvocato. Che ci era andato.

Lorenzo Righi era sospettato.

Manrico aveva sperato di convincerlo a presentarsi spontaneamente.

Speranza vana.

Con un sospiro, il contino chiamò Cianchetti e le ordinò di procedere.

XXVIII.

Contattati da Deborah, gli agenti della Mobile di Milano seguirono Vera Grant. Come Manrico aveva intuito, senza saperlo lei li condusse da Lorenzo Righi. I poliziotti procedettero al fermo. Lo stilista fu caricato su una volante e portato di corsa a Roma. Di buon mattino, Manrico andò a interrogarlo a Regina Coeli. L'avvocato d'ufficio di Righi dichiarò che il suo assistito intendeva avvalersi della facoltà di non rispondere. Manrico raccolse le sue carte e annunciò che avrebbe chiesto l'emissione di misura cautelare per omicidio. Lorenzo Righi lo apostrofò con aria sprezzante.

– E tu saresti quello diverso! Siete tutti uguali!

Lorenzo Righi era molto lontano dal giovane fascinoso della serata di gala, e anche dal guru dell'apparizione a Getaria. Davanti a Manrico c'era un trentenne malconcio, gonfio, il volto arrossato, il respiro affannoso.

– Il suo avvocato ha fatto verbalizzare che lei intende avvalersi della facoltà di non rispondere, – mormorò Manrico, comunque a disagio.

– Be', io voglio rendere una dichiarazione, – proclamò Righi, incurante delle proteste del proprio legale.

– La ascolto, – concesse Manrico sedendosi.

– Ci sono andato. Da Mainz. Dopo le telefonate. Ma quando sono arrivato la casa era chiusa, io ho bussato, lui non ha aperto, ho bussato ancora, ho detto 'fanculo, e me ne sono andato. Tutto qui.

– E poi?

– E poi, cosa? Il giorno dopo era su tutti i giornali. L'avevano ammazzato. Non io, certo. Ma ho pensato: adesso diranno che c'entro. E infatti, mi trovo qui. E adesso, se permette, vaffanculo!

Si alzò di scatto e, urlando a gran voce, chiese di essere riportato in cella.

Il fermo di Righi aveva rimesso in discussione il passaggio dell'inchiesta alla Direzione antimafia. Si virava decisamente verso un altro movente: la vendetta.

Manrico passò dall'ufficio per depositare la richiesta di custodia cautelare. Non dubitava che il giudice per le indagini preliminari l'avrebbe accolta. Riguardava il solo omicidio Mainz. Nessuna prova concreta poteva rinvenirsi, invece, per quanto concerneva la morte di Cannelli, che restava un incidente. Sul piano del movente, Manrico ipotizzava un astio profondo di Lorenzo nei confronti di tutti coloro che avevano contribuito a buttarlo fuori dalla maison. E se per Cannelli nulla si poteva dire, per Mainz c'erano, a parte il movente, l'occasione, le telefonate, e anche qualcosa di piú: la presenza, ammessa, sul luogo del delitto o dintorni. Certo, si era ancora in fase preliminare, e andavano fatti ulteriori accertamenti. Ma il pericolo di fuga era concreto, data l'abitudine del soggetto a scomparire. E pure la pericolosità non era esclusa: se il movente era la vendetta, come ignorare la possibilità che anche Irina Zed fosse in pericolo? Quanto a Vera Grant, era sulla soglia del favoreggiamento, ma poiché nessuno l'aveva informata dell'esistenza di un fermo a carico di Righi, andava considerata in buona fede.

Redatta la richiesta, Manrico andò a rifugiarsi nella casa di Sabaudia.

Era letteralmente a pezzi.

La memoria del tempo piacevole trascorso con Vera lo tormentava. E nessun conforto poteva venire dal monte Circeo, da quel massiccio dolce e indecifrabile che affondava impettito nelle sabbie di Torre Paola spaccando a metà il golfo. Da quanti anni frequentava il litorale pontino? Aveva persino rischiato di annegare, in quelle acque che sapevano mutarsi di colpo in un gorgo turbolento e ingannevole. Nuotando, o lasciandosi trasportare dal quieto moto delle onde, si era allontanato di una trentina di metri dalla terraferma. Era stato salvato dal consiglio di un saggio marinaio che dalla riva lo aveva condotto verso l'approdo sicuro. Quell'uomo gli aveva insegnato il trucco, guidandolo a gesti: quando sei preso dal mulinello, non opporti, ma prendi fiato e abbandonati. Il mulinello ti porta inevitabilmente a occidente, e prima o poi incrocerai la terraferma. È la legge delle onde, lo è sempre stata e sempre lo sarà. Ogni volta che ripensava a quell'improvvisato filosofo, si domandava se questa teoria dell'abbandono non fosse, in definitiva, l'unica politica sensata da adottare nei confronti dell'esistenza. Rassegnarsi, sottomettersi, lasciarsi trasportare… sopprimere l'inquietudine o, almeno, fingere che non esista.

A sera telefonò Sandra Vitale. Lorenzo Righi aveva avuto un infarto. Pare che al momento dell'arresto fosse imbottito di cocaina. Attualmente era ricoverato in terapia intensiva.

XXIX.

Magari, pensò Deborah Cianchetti quando vide smontare dal Suv l'autista Santocecco e si accorse che la sua cubana portava le stampelle e una fresca ingessatura, magari erano pure partiti per il ponte. Ma gli aveva detto male. E magari il Primo maggio e i giorni successivi li avevano passati nella corsia dell'ospedale. Se quella s'era rotta una gamba un po' le dispiaceva. Ma per il resto... Vero è che il caso dell'avvocato aveva preso una svolta imprevista. Vero è che c'era stato un arresto e, come sempre, tutti l'avevano salutato con un bel sollievo. Ma restavano cose strane, sospese. A cominciare dai movimenti del Mainz. E poi, per dirla tutta, il fro..., pardon, lo stilista gender, lei come assassino non ce lo vedeva. Manco il magistrato ce lo vedeva, se è per questo, che per arrestarlo si era appoggiato all'ultima conquista. C'aveva avuto le palle, certo, lo Stato innanzi tutto. Sarà montato, c'avrà 'sto gusto de fa' er fenomeno, sarà pure stronzo, a volte, ma c'ha l'attributi. Peccato che co' sta mossa sicuro s'è giocato l'amichetta. Stima a parte, Cianche', si chiese, te che avresti fatto al posto suo? Be', sarei andata dritta dritta, no?, come lui. In ogni caso, c'era di sicuro ancora del lavoro da fare. E cosí Deborah mosse senza indugio verso la coppia, intenta ad armeggiare con la serratura di casa, e affrontò direttamente l'uomo.

– Ancora qua sta, lei?

– Santocecco, da dove cominciamo? Dal permesso di soggiorno della signora...

La cubana lasciò partire un gemito angosciato.

– Ma lascia sta' a Glady, ma che te pija? Nun vedi che s'è sbragata 'na cianca, nun lo vedi?

– O dalle licenze in nero delle macchine? – proseguí la poliziotta, imperterrita.

– Zitta, pe' carità, che qua ce sta gende 'nvidiosa che non je pare vero de famme male! – piagnucolò l'uomo.

Poi spalancò l'uscio e fece cenno alle donne di seguirlo.

– Amore, statte 'nbo bona qua, che io devo parla' co' sta dottoressa...

– Santoce', lassa perdere i salamelecchi e vieni al dunque!

– E mo' c'arivamo, mo' c'arivamo...

Nel primo pomeriggio, Cianchetti piombò in ufficio da Manrico, senza bussare. Un'abitudine che proprio non riusciva a cancellare.

– Ce so' novità.

– Di che genere?

– Finalmente so' riuscita a parlare di nuovo coll'autista, Santocecco.

– E allora?

– In pratica, 'sto pezzo de m...

Cianchetti si bloccò. Aspettava il rimprovero del contino, notoriamente allergico al turpiloquio. Ma non avvenne niente. Ammazzate, quanto sta' depresso, pensò, manco s'è accorto!

– Vabbe', – riprese, – dicevo, Santocecco c'ha un cliente speciale. Uno che lo manda de qua e de là, paga profumatamente, tutto a nero, se capisce, però in cambio esige la massima riservatezza.

– E Mainz come c'entra, in tutto questo?

– E n'attimo, no? Allora: 'sto cliente piú de 'na volta lo ha mannato a pija' Mainz, al nostro Santocecco.

– Quindi, la sera della cena di gala non era la prima volta che si vedevano.

– Apposta! E tutte le volte che Santocecco veniva incaricato da 'sto cliente de accollasse l'avvocato, lo portava da lui.

– Da lui chi?

– A dotto', – sbottò, esasperata, – e se faccia 'na cuccuma de caffè, che oggi, co' tutto il rispetto, me pare un po' aggufato… Ma dal cliente, no? Il cliente mandava a prendere Mainz per incontrarlo in modo riservato.

– E anche quella sera…

– E anche quella sera.

– Quindi, niente escort…

– Ma che escort e escort! 'Sto cliente è pure lui 'n'avvocato. Muro Gianromolo, studio Parisi & Wellington.

– Li conosco. Sono avvocati d'affari. Molto importanti. Dovremo parlare con questo Muro, Cianchetti.

– Se capisce.

– Ma…

– Ma? Piena de «ma», tutta 'sta storia…

– Ma potrebbe non significare niente. Magari Mainz aveva un rapporto con questo studio e non voleva che si sapesse. Magari voleva cambiare lavoro. Magari…

– E magari, – e qui Cianchetti indossò la maschera dell'astuzia sardonica, – magari doveva fa' qualcosa co' certi francesi…

– E che c'entrano i francesi, adesso?

– Mah, dotto'... Sto Santocecco... Lo sa come sono questi testimoni, 'na vorta che hanno deciso de canta'... Santocecco dice che la sera dell'opera Mainz gli ha detto: annamo a senti' che ce offrono, 'sti cazzo de francesi. Testuale, eh, senza offesa!

E di francesi, appunto, aveva parlato Lorenzo Righi.

XXX.

L'avvocato Muro era sui quaranta. Fisico atletico, bicipiti scolpiti, abbronzatura che denunciava una costante frequentazione dei tennis club della capitale. Sprizzava cortesia da ogni poro. E fu assai cortese il rifiuto che oppose a Manrico.

– Come lei sa, dottore, sono protetto dal segreto professionale.

– Si tratta di un omicidio, avvocato.

– Mi dispiace per Mainz, ma non vedo come potrei esserle d'aiuto. I nostri rapporti erano di natura esclusivamente professionale, quindi…

– La sera in cui moriva Tito Cannelli, Mainz si è incontrato con lei.

– Non lo escludo, dovrei comunque verificare, ma mi pare normale, fra colleghi.

– Però, avvocato, a noi Mainz aveva dichiarato tutt'altro.

– Comprenderà, consigliere, le esigenze di riservatezza.

– Le false dichiarazioni al Pm sono un reato.

– Sono un civilista, mi deve perdonare, però mi pare di ricordare che la morte del reo estingue il reato.

Manrico avrebbe tanto voluto possedere qualche strumento di pressione per strappare a quel tipo le informazioni che gli servivano. La cortesia era solo un'apparenza. Muro giocava al gatto col topo. Con arroganza. Ecco cosa c'era sotto quella maschera amabile.

– Anche il suo autista ha mentito alla polizia giudiziaria.

– Il mio autista? Io non ho nessun autista.

– Mi riferisco al signor Santocecco, l'Ncc del quale lei si avvale.

– È stato lui a dirle che io gli avrei... suggerito di mentire alla polizia?

No, neanche questo si poteva affermare. Santocecco aveva riferito che gli era stata raccomandata la massima riservatezza. Non aveva esplicitamente accusato Muro di averlo indotto a una falsa dichiarazione. L'avvocato avrebbe avuto buon gioco a sostenere che l'autista aveva ecceduto il mandato.

– Comunque, – rilanciò Manrico, – un ben strano orario per vedersi.

– A furia di frequentare gli stessi ambienti, si entra in confidenza. Ci siamo fatti un bicchiere. Piú di uno, per la verità, – ridacchiò il professionista.

– Di che cosa avete parlato?

– Oppongo il segreto professionale.

– Ma se mi ha appena detto che vi siete fatti piú di un bicchiere...

– Il confine fra ciò che è segreto e ciò che non lo è si rivela, talora, quanto mai labile.

– Senta, avvocato, un uomo è stato ucciso, e lei...

– Mi dimostri che l'incontro di quella sera con Mainz non aveva contenuto professionale e io risponderò a ogni sua domanda.

Già. La prova del diavolo chiesta dall'articolo 200 del codice di procedura penale. Manrico fece un ultimo tentativo.

– Sa se fra i clienti di Mainz ci fossero dei francesi?

– Avrebbe dovuto chiederlo a lui. E, temo, oramai non potrà piú avere risposta.

Addirittura sfottente! Come gli aveva detto una volta un mafioso? Signor giudice, voi siete il coltello e io la carne... Muro era inattaccabile.

– E lei? Lei ha clienti francesi, avvocato?

– Il nostro studio ha una vasta clientela internazionale. Mentirei se dicessi di no.

Nei giorni successivi, Lorenzo Righi uscí dalla terapia intensiva. Aveva nominato l'avvocata Wurtz, rognosa, di altissimo livello. La sua prima mossa fu farsi intervistare da Marilena Marinelli durante *Giú la maschera*. La bionda conduttrice aveva deciso che il caso Mainz era un delitto di 'ndrangheta, e che tutto il resto era giustizia persecutoria. Manrico era stato dipinto come un fosco torturatore, per giunta omofobo. Quando la Wurtz aveva chiesto gli arresti domiciliari per motivi di salute, Gaspare Melchiorre aveva caldeggiato presso Manrico l'accoglimento della domanda. Il contino aveva espresso parere favorevole e il Gip aveva rimandato a casa lo stilista. Con divieto di comunicare via telefono e via mail, e di ricevere visite – avvocata e medici a parte – senza autorizzazione. Ma l'inchiesta languiva. Manrico languiva. La primavera languiva.

Per fortuna c'era la sua squadra.

Per fortuna nella sua squadra c'era Gavina Orru.

XXXI.

– Guardi qua, dottore!

Gavina si manifestò mentre Manrico inviava l'ennesimo, inutile messaggio a Vera Grant. La sarda lasciò planare sulla scrivania del Pm un foglio con sopra stampato un testo.

– Di che si tratta?

– È un po' che combatto col computer di Mainz.

– Trovato qualcosa di interessante?

– Una mail.

Caro Gianromolo,

dovrebbe andare tutto ok. Per quanto riguarda Miroir non sarà un problema convincere Lollo (parlerò personalmente con lui al ritorno) – per il fee usa il consueto sistema.

WM

Gavina spiegò che Mainz aveva spedito la mail a Gianromolo Muro alla vigilia della partenza per Abu Dhabi. Immediatamente dopo l'aveva cancellata. Ma lei era riuscita a recuperarla.

– Facciamo un po' di chiarezza, Gavina. Quindi: lui parte per incontrare gli arabi e dice a Muro che al ritorno convincerà Lollo, cioè Lorenzo Righi. Si accorda con le telefonate della sera, quelle dal cellulare intestato alla guatemalteca. Ma di cosa doveva convincerlo?

– Ah, questo non lo so, però è strano, no? Trattava con gli arabi, e gli arabi non volevano sentir parlare di Righi.

– Si parla di «fee», un compenso... Per chi? E in che modo?

– Stavo aspettando che me lo domandasse, – e qui la sarda si concesse uno dei suoi rari, ma luminosissimi sorrisi.

– Avanti, allora.

– Oltre al solito Google e compagnia cantante, Mainz aveva installato un protocollo Onion...

– Non cominciamo con l'esoterismo, per favore!

– Tor... Insomma, un programma per accedere in modo sicuro e anonimo al deep web e al dark web.

– Ora va meglio. Continui.

– Per quanto anonimo e sicuro, però, qualche falla sempre si trova...

– Specie se una è in gamba come lei.

– Non ci provi, perché io l'ultima volta che sono arrossita avevo sei anni e avevo scoperto di essere allergica ai frutti di bosco! Dunque: sul dark web, Mainz ha aperto un wallet, saltando i protocolli DeFi, ed è entrato in una blockchain...

– Ricominciamo, Gavina?

– Mi scusi, dottore. Diciamo che si è fatto una cassaforte segreta per appoggiarci dei pagamenti. Pagamenti in criptovalute.

– Ma allora ha ragione la Marinelli! C'entra la malavita organizzata!

– Al tempo, dottore. Certo, non sappiamo poi questi bitcoin dove sono finiti, perché mi manca il passaggio successivo. Cioè, forzare un flat-off ramp non è da tutti, anche se posso provarci, ma...

– Traduca per questo povero analfabeta digitale, la prego.

– Ci sono due versamenti per un equivalente di trecentocinquantamila euro complessivi.

– Però!

– Sono riuscita a risalire alla fonte.

– E sarebbe?

– Miroir, – scandí lei, compiaciuta dell'effetto teatrale.

– Ah. E... dovrebbe dirci qualcosa?

– Allora, se lei digita «Miroir», che poi sarebbe specchio, in francese... E, attenzione, noi sappiamo che in questa storia la Francia c'entra, eccome... Se digita «Miroir» le escono oltre cento milioni di risultati. Allora mi sono detta: Gavi, qua si deve affinare la ricerca. Ho cominciato quindi a incrociare dati: Miroir, Francia, Cannelli, moda... E alla fine, voilà! Le Group Miroir: il secondo gruppo mondiale nel campo della moda! Detiene marchi di assoluto prestigio in tutto il mondo! E ora noi ci domandiamo...

– Perché un gruppo di primo, anzi, primissimo piano nel settore della moda pagava in criptovalute l'avvocato di una maison in vendita, mentre il predetto avvocato era impegnato in una trattativa con gli arabi.

– A pensare male si fa peccato, – salmodiò andreottianamente Gavina, – ma spesso ci si coglie, dottore!

XXXII.

Era necessario risentire Irina Zed. Lei pregò Manrico di rimandare: era a Roma, sí, ma a letto, in preda a un attacco febbrile. Il Pm insisté: si trattava di pochissime domande, si poteva fare anche da remoto. Lei si convinse. Gavina Orru si occupò del collegamento e della verbalizzazione. Irina Zed apparve ancora piú consumata dell'ultima volta. Senza trucco, la pelle rivelava piccole impurità che spiccavano su un incarnato cosí diafano da rasentare la trasparenza. Indossava una tuta che, per quanto doverosamente griffata, contribuiva a conferirle un'aria trasandata e smarrita. I capelli erano raccolti in una specie di turbante. La sua voce era flebile, incerta. Manrico avvertí una stretta al cuore. Provò a immedesimarsi: una bambina travolta dall'incidente nucleare piú celebre della storia, un'infanzia disastrata, poi la risalita, sino al vertice dei propri sogni, e infine il crollo. Un crollo inspiegabile, fra omicidi e calabroni assassini.

– Certo che conosco Miroir, signor giudice. È il gruppo di Lemarquise. Ma non vedo come…

– Io ritengo… noi riteniamo che Mainz stesse conducendo con loro una trattativa segreta.

– Ma è impossibile! – insorse lei, con un guizzo di ritrovata vitalità. – Si era stabilito di vendere agli arabi.

– Però la trattativa era in stallo. Me lo ha detto lei.

– Ma dopo la morte di Tito era proprio saltata, – aggiunse Irina Zed. Poi, dopo una breve pausa: – Ora che mi ci fa pensare… Ad Abu Dhabi, Mainz sembrava rassegnato. Come se avesse capito che non c'era piú niente da fare. Lei crede che…

– Il punto non è ciò che io credo o non credo, – la fermò lui, con la massima delicatezza possibile, – ci sono dati concreti. Non posso riferirglieli, ma ci sono.

– È incredibile! Faceva il doppio gioco…

– Si direbbe. Lei, quindi, non ne sapeva niente?

– Assolutamente niente!

Poi Irina si abbandonò a una risata convulsa, malsana. Finché un colpo di tosse non sembrò stroncarla.

– Vuole che le mandi qualcuno? – si preoccupò Manrico.

– Grazie, è tutto a posto, – riuscí a rispondere la donna, dopo aver recuperato il fiato. – Pensavo a come è strana la vita… Lo sa che dopo il fatto di Tito e questo omicidio siamo sommersi di richieste?

– Siamo… nel senso della maison?

– Sí! – E qui seguí una nuova risatina, nervosa stavolta. – È incredibile, no? Gli arabi si ritirano perché hanno paura dello scandalo, e invece quello stesso scandalo fa tanto glamour ed ecco che piovono ordinazioni. Potrei lanciare una linea macabra, Casa Oscura o qualcosa di simile… Che ne dice di The Sting? Il pungiglione?

– Si riposi, – la esortò lui, piano, preparandosi al congedo. L'amarezza di Irina era fin troppo comprensibile.

– E comunque, – concluse l'ucraina con un sospiro, – tutto è in mano a questa specie di nipote, il neozelandese.

– E che intenzioni ha?

– Ha detto che mi farà sapere. La saluto, dottor Spinori.

Manrico incaricò Gavina di mettere la squadra al corrente delle ultime notizie. Quanto a lui, l'unica persona che avrebbe potuto fornirgli un aiuto concreto non voleva parlargli. Manrico decise che occorreva agire fuori dagli schemi.

Telefonò all'avvocata Wurtz.

– Avvocata, devo fare qualche domanda al suo cliente.

– Si risparmi la fatica. Si avvarrà della facoltà di non rispondere.

– Be', lo vedremo. Che ne dice di oggi pomeriggio?

– Il medico non lo autorizzerà a spostarsi.

– Infatti. Sarò io a raggiungervi a casa sua. Le va bene alle 16?

– Facciamo domattina, se non le dispiace.

– Aggiudicato.

XXXIII.

La casa romana di Lorenzo Righi era in un antico palazzo nel quartiere di San Lorenzo, un tempo santuario comunista, e negli ultimi anni, quando calava la sera, aggredito da una molesta, e talora pericolosa, turba di spacciatori delle piú svariate etnie. Di mattina, per contro, era tutta un'altra storia: una piazzetta del mercato con i banchi che straripavano di frutta; il vociare romanesco che si fondeva con l'incerto italiano dei residenti stranieri; l'acciottolato umido per le vasche d'acqua che vi riversava il pesciarolo; un grosso e sbarazzino golden retriever dal pelo immacolato che lappava da un imperturbabile «nasone», la classica fontana romana a becco... Uno squarcio della Roma d'una volta nella quale non era poi cosí raro imbattersi. Bastava saperla stanare. Non fermarsi alla superficie. Oppure – ed era la strada maestra – rassegnarsi al ruolo di viaggiatore incantato e lasciarsi sorprendere dall'irresistibile struggimento di pietre, angeli, profumi, balconi e gerani.

Piú che un palazzo, a onor del vero, quello dello stilista era un castelletto, con tre piani dagli alti soffitti e un terrazzo, quella mattina illuminato dal sole, nel quale Lorenzo Righi si riprendeva dal coccolone. Indossava una t-shirt nera e jeans sformati, ai lati della barba s'intravedevano residui di una crema solare, sorseggiava un liquido ambrato, forse un succo di frutta. Se ne stava sdraiato su di una chaise-longue schiacciata contro il palo di un ombrellone chiuso. La sua avvocata, in tailleur bianco e foulard di Hermès dalle vivaci coloriture sul bordeaux, sedeva a un tavolinetto sul quale erano squadernati fogli dall'inequivocabile aspetto di materiale processuale.

– Il mio cliente ha intenzione di avvalersi della facoltà di non rispondere, dottor Spinori, – proclamò la legale, non appena Manrico fece il suo ingresso nel terrazzo, – gliel'avevo detto: poteva risparmiarsi la fatica.

Serena Wurtz era nota nell'ambiente come «Serena-la-iena». Piccola, sui cinquanta, cattivissima, si vantava di non aver mai accettato né tantomeno proposto un patteggiamento: i miei li faccio assolvere, dichiarava. Si diceva che avesse una percentuale di successi professionali che rasentava il cento per cento. Le malelingue chiosavano: chiaro, si occupa solo di cause vinte. Manrico le riservò un sorriso ampio e cordiale.

– Buongiorno, avvocata. Vorrei chiedere un favore al suo cliente.

– Un favore?

Se non altro, era riuscito a sorprenderla. Wurtz interrogò con lo sguardo Lorenzo Righi, che continuava a ostentare il massimo disinteresse per tutto ciò che non fosse il suo drink.

– Vorrei che il signor Righi facesse una telefonata per mio conto.

– Ha preso un colpo di sole o cosa, consigliere?

Agli occhi della Wurtz, che lo conosceva come magistrato serio, un po' noioso, freddino e incapace della benché minima originalità – l'immagine di sé che Manrico aveva lavorato anni per scolpire – la richiesta appariva non solo inconsueta, ma addirittura assurda. Sempre col suo sorriso rassicurante, Manrico si rivolse, questa volta, direttamente a Lorenzo.

– Vorrei che lei chiamasse Vera Grant.

Lo stilista posò, lento, lo sguardo su Manrico.

– Se lo scordi.

– Lorenzo, non una parola di piú! Dottor Spinori, venga con me.

Serena Wurtz si avvicinò a Manrico, lo tirò per un braccio e si allontanò di qualche passo insieme a lui.

– Ma che le prende? Potrei segnalare il suo comportamento al procuratore.

– E io potrei chiedere la revoca dei domiciliari entro, diciamo... domani.

– Che sta succedendo, Spinori?

– Lo convinca a fare quella telefonata.

– Se ci tiene tanto, – disse Lorenzo Righi, a voce altissima, – se la faccia lei quella telefonata.

– A me non risponde, – ammise Manrico, tornando verso lo stilista.

– Donna saggia, – replicò quello, beffardo.

– Saggio sarebbe permettermi di parlare con lei.

Righi e Wurtz si scambiarono un'occhiata. Forse il tono gentile e determinato di Manrico aveva fatto breccia nella loro ostilità.

– Vi lascio riflettere sulla proposta, – insisté il magistrato, cercando di sfruttare l'attimo.

– Sta a te decidere, – tagliò corto l'avvocata, rivolgendosi a Lorenzo.

– Anche se volessi, mi avete sequestrato il telefono!

– Può usare quello dell'avvocata Wurtz, – suggerí il Pm.

– Tutto questo è eccessivamente irrituale! – protestò la legale.

Lorenzo sporse il braccio destro, e con le dita prese a comporre su un'invisibile tastiera. Come a dire: passami questo telefono, cara.

– Spero di non dovermene pentire, – sibilò lei, porgendo l'apparecchio allo stilista.

Lorenzo compose il numero di Vera Grant. Seguirono alcuni istanti di silenzio. Poi la conversazione partí.

– Vera, tesoro, sono io! Come vuoi che stia? Mi rompo da morire, ma i medici dicono che mi sto riprendendo molto velocemente. Sto usando il telefono della mia avvocata, sí, te la saluto... Ah, c'è il tuo amichetto, qui, che vuol parlarti...

Lorenzo allungò l'apparecchio alla Wurtz, che lo passò a Manrico. Il magistrato si allontanò di qualche passo, tenendo al minimo la voce.

– Vera!

– Hai una bella faccia tosta...

– Ascoltami. Tu conosci quelli di Miroir?

– Perché dovrei risponderti?

– Per aiutare Lorenzo.

– Perché dovrei fidarmi di un traditore come te?

– Te lo ripeto: per aiutare Lorenzo.

– Sí, conosco Miroir. E allora?

– Voglio sapere se stanno trattando per acquisire la Cannelli.

– Ma come...

– E se la risposta è sí, – proseguí lui, rapido, – vorrei sapere quale sarebbe il destino di Lorenzo Righi. Appena sai qualcosa, chiamami. Dovresti ancora avere il mio numero, credo.

Ecco. L'aveva fatto. Aveva violato non sapeva piú quante regole deontologiche. Aveva probabilmente inquinato in modo irreversibile un'inchiesta. Ma, forse, aveva lavorato per rimediare a un errore. Solo le prossime ore avrebbero stabilito se la sua era stata la bravata di un disperato o la mossa intelligente di un abile giocatore.

Rese l'apparecchio alla sempre piú sbigottita Serena Wurtz – Lorenzo Righi, dal suo canto, sembrava invece divertito da quella strana situazione – e andò a rintanarsi in casa.

Piú tardi, nella quiete di palazzo Van Winckel, consegnò il cellulare a Camillo e lo pregò di passargli soltanto l'eventuale chiamata di Vera. Per sua fortuna, non era mai stato troppo ansioso. Secondo sua madre, secoli di esercizio del potere mettevano gli Spinori al riparo da quella forma di emozione. Sul blasone di famiglia, invece del pomposo PER GLADIO AD EXCELSA, che sarebbe a dire «grazie alla spada si arriva in alto», dovevano scriverci REGE INCONSIDERATUS, cioè «detta legge con leggerezza», «comanda senza pensieri».

Aspettava risposte. Doveva decidersi: lasciare l'inchiesta o andare sino in fondo? Intanto, scorrevano le note del *Barbiere*, che in quanto a leggerezza non avevano nulla da invidiare all'incorporea materia degli angeli.

Vera Grant telefonò poco prima della mezzanotte.

– Non so come facessi a saperlo, ma... le mie fonti confermano la trattativa.

– I francesi si prendono la Cannelli?

– Dopo il fallimento dell'acquisizione da parte degli arabi e la morte di Mainz, i contatti li porta avanti un certo avvocato Muro...

– Gianromolo Muro, – e qui Manrico cominciava ad assaporare la concretizzazione delle sue riflessioni.

– Lo conosci?

– Diciamo che abbiamo avuto modo di entrare in contatto.

– Bene. Per quanto riguarda Lorenzo, i francesi lo adorano. Se lo terrebbero volentieri, se non fosse per l'inchiesta. E si terrebbero pure la Zed, ma in questo caso per evitare noiose controversie legali. Pare che la buonanima di Tito le avesse cucito addosso un contratto blindato…

– Hai detto: se non fosse per l'inchiesta. Quindi, se lui fosse prosciolto…

– Se lui fosse prosciolto i francesi annuncerebbero in pompa magna l'acquisizione e lui farebbe sfilare i famosi guerriglieri barbuti in tenuta gender…

– Grazie, Vera. Sei stata…

– Non farti illusioni, Manrico. Sei una merda e con me hai chiuso.

– Pensa che stavo per chiederti un ultimo favore…

XXXIV.

In un articolo di fondo sull'edizione on-line di «Absolute Fashion», Vera Grant fece trapelare l'indiscrezione sull'interessamento del gruppo Miroir per l'acquisizione della Maison Cannelli. L'avvocato Muro, interpellato da altri organi di stampa, lasciò intendere che la notizia, anche se ufficiosa, non era per niente destituita di fondamento. Aggiunse, l'avvocato, che per quanto riguardava i suoi clienti – i francesi, appunto – sarebbero stati ben lieti di mantenere l'attuale assetto dell'azienda e che, appena chiarita la vicenda giudiziaria, avrebbero volentieri richiamato «quel genio assoluto dell'alta moda che risponde al nome di Lorenzo Righi». Vera, dunque, non solo aveva procurato l'informazione, ma aveva anche accettato di farla circolare.

A questo punto, Manrico convocò la squadra.

– Ho preparato la richiesta di scarcerazione per Lorenzo Righi.

Basile e Orru si dissero d'accordo. La piú scettica era Cianchetti.

– Ma semo sicuri? Co' quello che amo fatto per acchiappallo...

– Gli indizi sono sempre stati labili, – rispose, paziente, Manrico, – e manca ogni traccia di prova scientifica. Nemmeno l'investigatore diabolico riuscirebbe a collocarlo sulla scena del crimine.

– Però c'è andato, – s'intestardí Cianchetti, – lo ha ammesso pure!

– Ma ha anche fornito una spiegazione plausibile.

– Questa nun me risulta. Prima ha detto che non ne sapeva niente. Poi che è andato ma non c'ha parlato...

– La versione di Righi regge, – riprese Manrico, sul tono di prima, – nel momento in cui ammettiamo che Mainz stava occultamente trattando per boicottare l'accordo con gli arabi e cedere l'azienda ai francesi. Il nostro presupposto era che gli arabi avevano fatto fuori Lorenzo, e lui voleva vendicarsi. Quindi il movente ipotizzato era la vendetta. Lorenzo uccide Cannelli, l'accordo salta, amen. Resta senza motivo la morte di Mainz. Ma se Mainz già da prima era in combutta coi francesi... Che ragione aveva Lorenzo per far fuori uno che stava dalla sua parte?

– Forse non lo sapeva!

– Ma scusa, – Orru s'intromise, decisa, – Mainz telefona con insistenza a Lorenzo, e lo convoca. Secondo te, perché aveva tanta urgenza di vederlo?

– Perché gli doveva comunicare che i francesi lo volevano al timone della Cannelli! – Sandra Vitale tirò le somme, come se si fosse trattato della cosa piú ovvia del mondo.

– E ammettiamo pure che Lorenzo sia entrato in quella garçonnière, – aggiunse Orru, – cosa della quale, come sappiamo, non esiste prova... Vuoi che prima di bere il sonnifero che lo ha messo k.o. Mainz non gli abbia detto: senti, cocco di mamma, è tutto a posto, rientri...

– Quindi, viene meno il movente, – ribadí Vitale, – che semmai sarebbe stato la causale del primo omicidio.

– Cannelli, – sottolineò la sarda.

– Che omicidio non sappiamo se sia, anzi... – chiosò Vitale, ancora una volta con la sua logica implacabile.

Cianchetti inalberò una smorfia delusa, poi alzò le mani.

– Vabbe', vabbe', nun ce sto a capi' piú niente, se ve sentite cosí sicure... Però, lei, dotto', – e qui si rivolse direttamente a Manrico, – quanno m'ha mannato a pijallo non dico che era sicuro che c'entrava, ma insomma.

– Mi sono fatto fuorviare dalla fuga, Deborah, – ammise Manrico, con un sospiro. – Ho valutato il suo comportamento come il piú prevenuto degli inquisitori. Scappa? Allora ha qualcosa da nascondere.

– E se fosse cosí? – lo provocò l'ispettora.

– Ma cosí non è, – puntualizzò Manrico. – Lorenzo Righi è solo un artista, fragile, nevrotico, però tutto sommato non lo credo capace di gesti estremi.

In altri termini, concluse Cianchetti, incassando la testa fra le spalle, ancora per niente convinta, partita chiusa cor sor Righi. Certo che Spinori diventava ogni giorno piú strano. Un caso sbilenco come questo non l'aveva mai affrontato, da quando l'avevano spedita alla corte del contino. Aveva imparato a stimarlo, e persino – cosa difficilissima per una col suo temperamento – a fidarsi di lui. Che si dovesse ricredere? Da quanno s'era fissato co' quella della moda, quella Grant, era diventato irriconoscibile. Deborah e la tizia non s'erano mai incontrate faccia a faccia. La poliziotta aveva scandagliato la rete, imbattendosi in un paio di interviste e in un, come se chiamano, edittoriale, 'na cosa cosí, firmate dalla donna. Non aveva provato per lei nessuna simpatia. Le era sembrata troppo piena di sé, snob, fredda. E poi, poro lui, lo stava a manna' ai matti...

– Come ve pare, – concesse, infine, – mo' se ricomincia daccapo.

– Io passo la mano, – disse Manrico, piano.

E, con grande sconcerto di tutte, senza aggiungere altro, uscí dall'ufficio.

Dieci minuti dopo era davanti a Gaspare Melchiorre. Mise al corrente il procuratore degli ultimi sviluppi, spiegò perché aveva chiesto la scarcerazione di Lorenzo Righi, e infine anche a lui disse che avrebbe mollato l'inchiesta.

– In che senso, scusa?

– Vorrei essere sollevato da questo incarico.

– Manrico, se ho fatto qualcosa che può averti dato l'impressione...

– Per una volta, – sorrise lui, – tu non c'entri, e non c'entrano neppure i rapporti interni all'ufficio.

– E allora vuoi dirmi di che si tratta?

– Sono troppo coinvolto. Potrei aver commesso degli errori, e non vorrei commetterne altri. Sai che non sono abituato a sottrarmi al lavoro, però... diciamo che mi avanzano un paio di settimane di ferie arretrate e ho intenzione di sfruttarle.

Gaspare Melchiorre tentò di convincerlo, ma dovette alzare bandiera bianca davanti alla determinazione di Manrico.

O almeno, questo fece credere la Volpe Argentata al suo vecchio amico.

XXXV.

Manrico rincasò per l'ora di cena. Si era trattenuto in ufficio per sbrigare le ultime incombenze, ma l'atmosfera era pesante. Lo staff non aveva preso bene la rinuncia. Cianchetti se n'era andata prestissimo. Orru e Vitale avevano a malapena ricambiato il suo saluto. Ma che poteva farci? Aveva bisogno di silenzio. Di una pausa. Di riconnettersi alla musica, che lo aveva abbandonato. Dalle stanze di donna Elena proveniva un certo vocio. Si avvicinò in punta di piedi. Non voleva disturbare. Sua madre, magari, stava ricevendo un'amica. Ma quando fu a portata di comprensione, si rese conto che l'altra voce era quella di suo figlio Alex. Il ragazzo e la nonna si adoravano. E lui adorava la madre e il figlio. Se non altro, in questi rapporti c'era saldezza, e non friabilità. Si soffermò, intenerito, prima di entrare.

– Harry Belafonte, – diceva il ragazzo.

– No, questo no, è un grande, lasciamolo vivere.

– Vediamo... Jimmy Carter.

– Ah, questo schiatta sicuro! Mettiamoci cinque euro.

– C'è pure la moglie, la signora Carter.

– Cinque euro anche su di lei. Magari se ne vanno insieme, romanticamente...

– Henry Kissinger.

– A morte, a morte!

– Però è uno coriaceo, nonna.

– Hai ragione. L'anno prossimo. Va' avanti...

– Chirac.

– Pure questo ci lascia. Dieci euro!

Ma di che diavolo parlavano?

– Mamma! Alex! Ma cosa state combinando?

Entrando nella stanza, sorprese Alex che si affrettava a mettere in tasca il cellulare. Donna Elena gli dedicò il piú incantevole dei suoi sorrisi.

– Ciao, figlio. Cos'è quella faccia da funerale? Vuoi unirti al gioco?

– Ti ricordo che la parola «gioco» tu non dovresti nemmeno pronunciarla.

– Oh, andiamo, non piantare la solita grana! Mio nipote e io stavamo solo passando un po' di tempo insieme.

Il ragazzo ne approfittò per tentare una fuga strategica.

– Papà, io avrei un appuntamento con Rachele...

– Prima fammi capire che cosa sta succedendo, – ordinò lui, a voce bassa ma ferma.

– Ora ti spiego...

Il gioco si chiamava *Death Bet*, vale a dire «Scommetti sul morto». All'italiana, «Totomorto». C'era una lista, la *Death List*, che elencava personaggi famosi in età avanzata, se non avanzatissima. I giocatori scommettevano sull'anno, il mese, il giorno della dipartita di ciascuno di loro. Piú vicini andavano all'obbiettivo, maggiore era la vincita. In testa alla graduatoria, allo stato attuale, c'era il molto longevo Kirk Douglas, quasi 103 anni. Il gioco se l'erano inventato gli inglesi: da quelle parti, notoriamente, la scommessa è quasi un dogma.

– Perché, figlio, non sono moralisti come noi, – affermò, decisa, la contessa madre.

– Mamma, – sospirò Manrico, – dimmi che non state giocando soldi veri.

– In un certo senso...

– Dimmi che non hai coinvolto mio figlio in un gioco d'azzardo.

– Non mi pare azzardo, – il ragazzo intervenne in difesa della nonna, – sono piccole somme, poi ogni mese si stabilisce chi vince e chi perde.

– Sí, Alex, ma tu dovresti sapere che a tua nonna è stato interdetto l'uso di strumenti elettronici...

– Ecco perché un'anziana contessa, – sottolineò lei, sdegnata, – è costretta a umiliarsi chiedendo al suo giovane nipote.

– Ma non devi sentirti umiliata, nonna, sai che per me è un piacere!

Aria di rivolta, no, peggio, un vero e proprio golpe familiare. Venne fuori che i soldi, oltretutto, li aveva anticipati Camillo. Per Manrico non era semplice perdere le staffe. Ma sua madre era l'unica persona al mondo che rischiava seriamente di compromettere la sua proverbiale calma.

– Mamma...

– Io vado, – e Alex, a capo chino, scelse la via della libertà.

– Mamma, – riprese Manrico, – non ti rendi conto di quanto sia... Questo gioco è macabro, per la miseria!

– Oh, quante storie. Tutti dobbiamo morire!

– Ti proibisco di giocare ancora!

– Tu proibisci? Ma a cosa siamo arrivati! Figli che vietano alle anziane madri la consolazione della vecchiaia! Non solo ti stai comportando in modo ingiusto, Manrico. Ti stai anche coprendo di ridicolo. Stai scaricando su di me i tuoi cattivi umori. Ti prego di lasciare la mia stanza.

Quando tutto intorno a te sembra crollare, resta un unico rifugio: Rossini. Ascoltando *Il turco in Italia*, Manrico riuscí a sopravvivere a quella sera infausta.

Non poteva però prevedere che, appena passata la mezzanotte, Deborah Cianchetti lo avrebbe cercato sul cellulare.

– Hanno ammazzato Jacky, dotto'.

– Chi?

– Pellegrani Giacomo, detto Jacky. Il modello che stava quella sera a cena all'opera.

– E allora?

– Come, allora? Oh, è il terzo che ce lascia le penne! Questo l'hanno seccato co' du' botte de calibro 9.

– Si è messa in contatto col Pm di turno?

– Ma che dice? È roba nostra, dotto'...

– Era... Mi pareva di essere stato chiaro. Buonanotte, ispettora.

XXXVI.

Gaspare Melchiorre fu categorico. Manrico non poteva lasciare il caso dei delitti all'opera, come ormai tutti lo chiamavano.

– Oltretutto, non ti avevo nemmeno ritirato la delega. Chissà, forse avvertivo qualcosa nell'aria, una sorta di presentimento...

Sprofondato nella poltrona di pelle rossa nel salottino del suo lussureggiante ufficio, il procuratore sorseggiava il terzo caffè del mattino. Manrico era rimasto in piedi e non aveva toccato la tazzina che Gaspare in persona aveva preparato per lui.

– Non se ne parla, Gaspare.

– Smettila. È necessario. Sai che di te mi fido come di me stesso.

– Fai male. Ho avuto una relazione con una testimone... potenziale testimone. E abbiamo catturato Lorenzo Righi seguendo lei, in pratica mi sono avvalso di informazioni confidenziali. Poi ho consentito a un indagato agli arresti domiciliari di usare il telefono del suo difensore per comunicare con la predetta testimone, potenziale testimone, e a mia volta ho parlato con lei. Infine, ho fatto scarcerare un sospetto che però, sino a prova contraria, resta tuttora tale.

– Be', sicuramente, – sospirò la Volpe Argentata, – il talentuoso Righi con questo delitto non c'entra. Appena scarcerato, la tua amica Vera Grant se l'è portato a Milano, dove si trovava mentre il giovane... Jacky, o come diavolo si faceva chiamare, veniva ammazzato.

Il procuratore si godette per qualche istante la faccia basita di Manrico, poi, con un sorriso comprensivo, da fratello maggiore, e un gesto affettuoso, lo esortò a sedere accanto a lui e a degnarsi di sorbire il caffè.

– E non fare quella faccia, amico mio. Ho le mie fonti.

Rassegnato, Manrico si lasciò scivolare su un'altra poltrona.

– Gaspare, l'avvocata Wurtz era presente quando...

– Ci sono due tipi di avvocati, Manrico, non sono io a dovertelo spiegare. I guerriglieri e gli strateghi. Ai guerriglieri, che purtroppo vanno molto di moda, sta a cuore fare confusione, alzare il tiro, magnificare le proprie qualità di lotta agli occhi del cliente. Insultano, sono sprezzanti, aggressivi, occupano spazi mediatici, lanciano campagne, e intanto la parcella cresce, cresce... A volte gli va bene, piú spesso prendono epiche tranvate, che addebitano a fumosi complotti di noialtri. La parcella cresce sempre, ma i clienti finiscono in guardina. La Wurtz gioca nella squadra degli strateghi. Quelli che vogliono vincere. Lei i clienti li vuole liberi. Le parcelle crescono di piú, ma è bene non farlo sapere: piú guerriglieri ci sono e meglio le cose girano per le Wurtz... Hai messo dentro Righi, ma hai rimediato, lei se ne attribuirà il merito, fra voi il match è pari. Non ha nessun interesse a riaprire la questione, credimi. Convinto?

– La Dda che dice? – chiese Manrico. La sua determinazione era già vacillante.

– Se ne lavano le mani. Il super pentito che tanto sta a cuore alla nostra amica Marilena Marinelli si è dimostrato un vecchio sòla, per dirla alla romana. È già tanto che non sia finito dentro lui. E poi, Manrico, sono stanco di essere preso per i fondelli... guarda qua –. Gaspare armeggiò con il suo iPhone di ultima generazione. Lo passò al collega.

INVITO A CENA CON DELITTO?
DIECI PICCOLI ITALIANI?
L'OPERA PORTA SFIGA?
Storiaccia de calabroni, calabresi e morti ammazzati
in tre atti (per il momento)

E tre! Prima il padrone, poi l'avvocato-faccendiere, e mo' il belloccio che sgomitava per sfilare coi modaioli vipponi. Non veniteci a parlare di coincidenze, *please*. E non ve la prendete con la povera *Traviata* o col sovrintendente Luci. Magari qualche opera che porta sfiga c'è, ma non in questo caso. La colpa è dei giudici che non sanno fare il loro mestiere. Ma al terzo morto si sveglieranno?

'NDOSPIOSPIO s'era scatenato. Gaspare ne aveva abbastanza, e a ragione. Manrico chinò il capo e alzò le braccia.

– Dammi ventiquattr'ore, ti prego.

– Non un minuto di piú.

XXXVII.

– Ma dove è finito?

– A Sabaudia.

– Se sta a schiari' le idee?

– Deborah...

– Qua stamo a perde' tempo, e là fuori ce sta un assassino in libertà... Ma che, dottore, ride?

– È che l'ha detto come in un film americano.

– C'è poco da scherza', sa? Qua se ce sta 'na cosa da fa' è tirare fuori le palle! Su, venga da noi. Stamo da Sandra. Facciamo una riunione operativa e domani si torna... dottore? Ma che ca...

Deborah Cianchetti spense rabbiosamente il cellulare e tornò in veranda. Sandra, Filippo, Gavina, Nico e Diego sollevarono lo sguardo dal tablet intorno al quale erano radunati, e la scrutarono ansiosi. Deborah sbuffò.

– M'ha sbattuto il telefono in faccia, rega'!

– Non l'ho mai visto cosí! – commentò Sandra Vitale.

– È colpa di quella gatta morta, – sentenziò Orru, – la milanese.

Diego Cosenza si diresse deciso al tavolo sul quale Nico aveva allestito una prima colazione sontuosa: pane tostato, uova strapazzate, caffè fumante in due grossi bricchi, spremute, croissant, burro, latte, tè, yogurt, prosciutto, formaggi vari e persino salmone affumicato.

– E smettila di sfondarti, amo'! – lo redarguí Deborah.

– Amo', – si difese lui, – a me tutta 'sta bellezza m'ha messo 'na fame...

Qualche mese prima, Sandra Vitale aveva sorpreso Nico, il marito, in flagrante adulterio. Ora l'uomo stava cercando in ogni modo di recuperare. L'invito nel casale di famiglia – cosí pomposamente veniva definito un rudere a La Storta, Roma Nord, immerso peraltro in un bel verde – faceva parte della strategia di riconquista. E anche il buffet esagerato e le biciclette glamourous regalate a Fabio e Robertino, i loro figli adolescenti che in quel momento scorrazzavano con alte grida zigzagando sul prato che conduceva al cancelletto della proprietà.

Mentre Diego ammucchiava sul piatto gli alimenti piú grassi in circolazione, Deborah raggiunse il gruppetto. Si rimisero a guardare le immagini delle sfilate. Si erano riuniti per cercare di venire a capo di quel caso. E perché il malumore di Spinori stava rovinando la vita di chiunque, e cercavano un modo per aiutare il contino. Come una vera famiglia.

– Ma io me domando, no? – provocò Deborah. – Ma tutto 'sto fascino della moda, ma a noi, da dove ci viene? Perché, nun me venite a di' che un bel vestito, un bel paio de scarpe, puro a voi...

– Ah, il grande interrogativo che ha attraversato pellicole memorabili, – declamò Filippo, professore e cinefilo, – basta pensare a *Il diavolo veste Prada* o a *Sotto il vestito niente*.

– Per non parlare de quell'altro film... Quello coi modelli assassini, come se chiama... – s'inserí Diego, sputacchiando a bocca piena.

– Ma tu dici l'immenso *Zoolander*! – esplose Filippo.

– Le tre donne si scambiarono un'occhiata sconsolata.

Se Cianchetti avesse immaginato con quanto scrupolo il contino si era messo a visionare video analoghi… Perché anche per lui il punto centrale era diventata la moda. Ma che ne sapeva poi, di quel mondo che tanta influenza aveva sul *resto* del mondo?

Manrico introdusse l'argomento a cena. Una cena a base di tiella e mozzarelle dell'agro pontino che aveva distrattamente piluccato. Si erano uniti alla compagnia suo figlio Alex e Rachele Blumenstein. Ormai formavano coppia fissa. Si tenevano per mano, erano cosí giovani, cosí teneri! Per loro la moda semplicemente non esisteva. Usavano centinaia di volte la stessa tenuta. Riciclavano nel «gruppo» passandosi di mano magliette e felpe come si usava un tempo nelle famiglie numerose. Il pianeta imponeva sacrifici. Non riconoscevano alcun valore aggiunto al modo di presentarsi. Manrico pensò che si illudevano di ignorare i codici, mentre in realtà ne avevano appena costruito uno che li identificava come tribú equa e sostenibile. Augurava ogni successo ai loro sogni, ma stentava a credere che potessero realizzarsi.

Sua madre disse che pure lei, da ragazza, detestava quel sistema di sfilate e apparenze.

– I tuoi nonni erano ossessionati dall'etichetta, e io, come sai, ho un passato alquanto turbolento. La moda come ricatto contro le donne, riduzione in schiavitú, mercificazione del corpo femminile, ma poi…

– Poi?

– Poi si scende a patti con tutto, tesoro. Persino con la barbarie dei corsetti, – tagliò corto la contessa, con il suo adorabile sorriso.

– Mi sembra troppo semplicistico, francamente.

– Mettiamola cosí, figlio: è come l'opera lirica che ami

tanto. Se prendi sul serio *Sigfrido* e *Casta Diva*, il colossale soprano che muor di mal sottile e l'orma dei passi perduti, puoi accettare che una striscia di pelle o la pelliccia di un mustelide scuoiato definiscano un'epoca, uno stile, un mondo...

XVIII.

Qualunque cosa gli fosse successa, per quanto spessa fosse stata la nube che aveva attraversato il suo cielo, il contino era tornato. Brunella, Orru e Vitale accolsero la notizia del rientro operativo con grande felicità. Piú pragmaticamente, Deborah Cianchetti portò Manrico sul luogo del delitto e gli fece notare che si era già perso del tempo prezioso.

– A volte, Deborah, uno sguardo a freddo può rivelarsi utile.

Sí, era proprio tornato, sua eccellenza er sor magistrato. Ma l'ombra restava. Insomma: quanno sei capo, e il Pm è per legge il capo di chi indaga, sei tu che devi dà le direttive. E mica solo quelle: la forza, la fiducia, perché una squadra di questo vive, glielo diceva sempre l'allenatore quando aveva cominciato col minibasket. Dovete essere innanzitutto amiche, e poi compagne di gioco. Certo, a quella stronzetta della IV B con la frangia e la tuta sempre linda e immacolata l'avrebbe spedita volentieri all'ospedale… Vabbe', in infermeria ce l'aveva mannata per davero, ma che c'entra. Era stato solo un episodio. La verità è che ora, Deborah, te fidi un po' de meno del contino.

– La macchina era qua, – l'ispettora indicò lo spazio transennato fra due veicoli parcheggiati in orizzontale accanto al marciapiede, – una vecchia Panda intestata alla madre della vittima. Prima che me lo domandi: deceduta.

Il corpo di Jacky era stato ritrovato da un cane. Un robusto meticcio che il padrone aveva invano cercato di trascinare via quando lo aveva scoperto a lappare quello che, in un primo momento, era sembrato gelato. E invece era sangue. Un'inquietante macchia secca, residuo del sangue che evidentemente era colato dall'abitacolo, era ancora visibile sull'asfalto, a un passo da un tombino.

– A prima vista si direbbe che l'amico conosceva l'assassino. Gli ha aperto la portella. Infatti non c'è nessun segno di effrazione, e manco di colluttazione. L'ha fatto sedere accanto, dal lato passeggero. Poi quello gli ha sparato. Un colpo al fianco e, quando la vittima si è chinata in avanti, un secondo colpo, alla nuca. In pratica, quello di grazia. Niente telecamere, purtroppo. L'arma del delitto non si trova. Sappiamo che si tratta di una calibro 9 x 21, le cartucce dovrebbero essere Winchester.

Manrico si guardò intorno. Uno stradone anonimo, perpendicolare alla via Laurentina, non distante dalla fermata della metro, linea B, la piú antica. Si poteva supporre che l'assassino avesse un appuntamento con Jacky e avesse deliberatamente scelto quel luogo perché sapeva che non sarebbe stato ripreso? Era troppo presto per ipotizzare qualunque scenario. In ogni caso, nei giorni successivi sarebbero state esaminate le telecamere di zona: si poteva pur sempre tentare di ricostruire il percorso dell'auto della vittima; e con un po' di fortuna identificare veicoli sospetti che avevano raggiunto strade limitrofe coperte da videosorveglianza. Se esisteva qualche immagine rilevante, Gavina e Sandra l'avrebbero rintracciata. Manrico non nutriva grandi speranze, ma niente doveva restare intentato.

– Com'è ovvio, nessun cellulare. Orru sta lavorando sui tabulati, il procuratore Melchiorre ha tirato le orecchie alle compagnie telefoniche e ce li hanno consegnati a tamburo battente.

– Vi siete sentiti, – disse, piano, Manrico; non una domanda, piuttosto una constatazione.

– Come? – Deborah non aveva captato.

– Lei e Gaspare. Vi siete sentiti.

A Deborah Cianchetti successe una cosa che detestava. Arrossí.

– Dotto', lei…

– Ora capisco come faceva Melchiorre a sapere tutti quei particolari!

– Dottore, e che ca… Lei stava a perde' la testa, qua c'era un morto fresco, e io che dovevo fa'?

– Cioè, lei ha svegliato Gaspare Melchiorre nel cuore della notte?

– Eccerto, lei m'ha rimbarzato! – ribatté, piccata, sulla difensiva.

– Ah, ho dimenticato un impegno, Cianchetti… – sussurrò il contino, dopo un breve e intenso momento di silenzio.

La pratica migliore, in fondo, era deviare il discorso.

Irina Zed aveva appreso dai media della morte di Giacomo Pellegrani, in arte Jacky.

– Ci eravamo sentiti piú volte, negli ultimi tempi, – commentò, con un pallido sorriso.

Pallido il sorriso, pallido il volto, segnato da una via lattea di piccoli puntini rossi che l'abbondante fondotinta sparso sulla guancia destra non riusciva a nascondere del tutto. I capelli raccolti, come l'ultima volta che si erano visti in call, un composto abito nero, gli occhi arrossati. Il mese appena trascorso era stato durissimo, per Irina Zed. Manrico provava per quella donna una pena crescente. E persino Cianchetti, la rude Cianchetti, sembrava ammorbidirsi in sua presenza. Lei e Manrico l'avevano raggiunta nella sede romana della Cannelli, dove la donna si trovava.

– È stato Jacky a cercarmi, piú volte, – aggiunse la triste ucraina, – era parecchio insistente.

– Molesto? – chiese Manrico

– Vedete, Jacky veniva da molto lontano, come me, ma in un altro senso. Lui era...

– Sembrava uno slavo, – ricordò il magistrato.

– Invece era di una borgata, Fidene, Casal del Marmo, adesso non ricordo. Un bel ragazzo, ma, come posso dire...

– Ignorante, – suggerí Cianchetti.

– Prego?

– Come diciamo noi romani, – motivò la poliziotta, – che è un filo rozzo, me spiego?

– Perfettamente, – concordò Irina Zed, – e in piú era di quelli che cercano sempre qualcosa, non avevi mai con lui uno scambio sincero...

– Un predatore? – questa volta fu Manrico a suggerire.

Irina sembrò pensarci su. Poi, senza rispondere, d'improvviso spalancò un cassetto, ci sbirciò dentro e lo richiuse con un gesto deluso.

– Scusatemi, cercavo... Sono stati giorni tremendi, ho ripreso a fumare...

Pronta, Deborah le offrí una sigaretta. Irina accettò con un sorriso cortese. Accesero. Poi, all'unisono, fissarono Manrico.

– Nessun problema, – concesse lui, – ma torniamo a Lorenzo e a Jacky...

– Insomma, Jacky voleva sapere da me se, ora che non c'era piú Lorenzo, l'accordo era valido.

– Che genere di accordo? – domandò Manrico.

– Jacky sfilava abbastanza bene, anche se non era un modello eccezionale, e poi ormai aveva ventidue, ventitre anni… Non aveva sfondato, anche se Lorenzo continuava a proteggerlo. Allora stava cercando di riciclarsi come fotografo.

Ecco perché quella sera riprendeva in continuazione. E poi gli avevano rubato il telefono…

– E lei che cosa gli ha risposto? – stavolta la domanda la pose Cianchetti.

– Che dovevamo aspettare gli sviluppi della situazione.

– Cioè non gli ha detto di sí.

– Né sí né no. Dipende da Lorenzo.

I francesi, spiegò, avevano formalizzato l'offerta. Il nipote neozelandese aveva dato l'okay. La settimana a venire era fissato l'incontro decisivo a Parigi. I francesi avevano posto come condizione il rientro di Lorenzo. Lui si è preso il week-end per decidere.

– E lei tutto questo lo ha detto al ragazzo? – chiese Manrico.

– Ma certo! Però adesso…

– Adesso? – s'incuriosí Manrico.

Irina sospirò.

– Un altro omicidio! Speriamo che i francesi non si tirino indietro anche loro…

L'incontro volgeva al termine. Irina non aveva, disse, la benché minima idea di chi potesse avercela con Giacomo.

– Diceva che vi siete sentiti spesso co' Jacky. Quand'è stata l'ultima volta, – irruppe Cianchetti.

– Qualche giorno fa.

– Come stava?

– Come al solito.

– E cioè?

– Agitato.

Prima di congedarsi, Manrico informò Irina che dalla sera stessa sarebbe stato attivato un servizio di vigilanza rafforzata a protezione della sua persona. C'erano già stati troppi morti, in questa storia. Sulla via del ritorno alla cittadella giudiziaria, Cianchetti ipotizzò che magari Jacky lo avevano ammazzato per una storia di droga, e che magari non c'entrava niente con l'altro omicidio. Manrico non commentò. Anche questa volta, al di là dell'umana comprensione, l'incontro con Irina gli aveva comunicato la sensazione di un vuoto. Qualcosa mancava. Ma cosa?

Rientrato in ufficio, Manrico telefonò a Lorenzo Righi, che stavolta gli rispose.

– Ah, l'uomo che toglie la libertà e poi la restituisce... Ha cambiato idea di nuovo? Con la morte di quel povero ragazzo non c'entro, a meno che non mi creda in possesso del dono dell'ubiquità o capace di pagare un sicario...

Il tono fatuo dello stilista lo infastidí, cosí fu volutamente scortese.

– Gli aveva promesso un lavoro?

– Ah, Jacky, Giacomino! Il mio adorabile marchettaro, perché poi questo era, in fondo, una marchetta. Ma sí, diciamo che me lo sarei volentieri tenuto fra i piedi, perché no. Lo avrei messo a libro paga, certo. Anche se sapevo che prima o poi avrebbe cercato di scappare con la cassa, o avrebbe comunque combinato qualche altro casino... Povero, piccolo e patetico ragazzotto di strada con tanta buona volontà e nessun talento...

Completato l'esame dei tabulati, Gavina Orru confermò i contatti fra Jacky e il centralino della Cannelli. Si trattava, con ogni evidenza, delle telefonate di cui aveva parlato Irina Zed.

Vitale si era occupata della famiglia di Jacky. Ne era derivato un totale nulla di fatto: il padre era in galera in un carcere del Nord, condannato per varie rapine. Lui e il ragazzo non si parlavano da anni. La madre era morta. Niente fratelli né sorelle. L'ennesimo disperato, concluse Brunella, tirando su col naso.

Infine, quando quell'eterna giornata sembrava ormai archiviata, e Manrico era già con un piede nell'ascensore e la testa al suo studio e al *Guglielmo Tell*, con il cui ascolto si era ripromesso di dar sollievo al bistrattato animo, Deborah Cianchetti gli inviò l'ultimo aggiornamento di 'NDOSPIOSPIO.

La testata riportava scatti che immortalavano tranci di vita dei protagonisti del giallo del momento. C'era una foto che ritraeva un tipo con un completo nero e una gardenia all'occhiello piú un incongruo, assurdo collare da Pierrot sormontato da una coroncina luccicante. Accanto a lui un ragazzo dai tratti slavi, occhi glauchi, capello cortissimo, una balcanica bellezza aspra che non passava inosservata ma che tutto era fuorché balcanica. «Il modello Jacky Pellegrani e il suo mentore, Cesare Mariani, protagonista delle notti romane piú elettrizzanti con il nome d'arte di Lediosca...»

XXXIX.

– Alla mia sinistra, sorelline, amiche e amici che stasera siete qui a spassarvela con noi del *Pride*, questa meravigliosa creatura in abito verde… Un abito che presto verrà sfilato, credetemi… La sola, la tremenda, la oserei dire diabolica Lucy Fera. E alla mia destra le due inseparabili, divine Gemelle Succose… in top di seta verde e gonnellino di banane l'inimitabile Abbon Danza… e sotto questa cappa color cremisi e il domino birichino la celestiale… e un po' porcella… Poka Karne… un grande spettacolo in esclusiva al *Pride*!

Lediosca era alta un metro e sessanta e superava i cento chili. Il nome si ispirava al personaggio dei cartoni giapponesi degli anni Settanta-Ottanta, quello che papà voleva tanto un maschio ma, che iella, sei nata tu. Dopo un'onorata carriera fra i ranghi della «mala» – ramo truffe, furti, ricettazione – gestiva il *Pride*, locale gender che, nato in sordina, stava diventando un punto di riferimento della notturna movida capitolina.

Dopo aver appreso da 'NDOSPIOSPIO che si parlava di Lediosca come del «mentore di Jacky», Manrico si era fatto una passeggiata in rete. Lediosca aveva aperto un'agenzia che si proponeva di scovare e valorizzare nuovi talenti nel mondo dello spettacolo e della moda. Adesso se ne stava sul palco del *Pride* intento a presentare le ospiti della «serata burlesque»: tre ragazze non proprio giovanissime che si stavano pian piano spogliando al ritmo di una musichetta caraibica. Il pubblico si divertiva. Nella penombra qua e là interrotta dalle luci stroboscopiche, un centinaio di persone si aggiravano nelle ampie sale. Prevalenza di gay, costumi eccentrici, quattro ragazzi pelosi a torso nudo con shorts di cuoio in funzione di barman. Quando una sciabolata di luce illuminò il privé in cima a una rampa di scale, a Manrico parve di scorgere, sistemati a un tavolino con secchiello del ghiaccio e champagne, due volti noti della televisione: un presentatore e la sua compagna, giornalista di costume. Il *Pride*, decisamente, prendeva piede.

– Ma ora, amiche e amici miei, stiamo per arrivare al momento clou, e tutti ci domandiamo: sino a che punto si spingeranno le nostre star questa sera? Quanto ci lasceranno gustare della loro proterva bellezza? È tempo che io mi ritiri e… che il piacere vi assista, gente felice del *Pride*!

Uno scroscio di applausi, accompagnato da qualche gridolino scomposto, accolse il proclama di Lediosca, che scese dal palco sbracciandosi e stringendo mani. Manrico si spostò verso il bar e trovò un angoletto discreto dove sorseggiare il suo rosso senza eccessivi strofinamenti.

– Quando ti ho visto spuntare nella nostra piccola comunità, Marcello, un raggio di sole ha illuminato questa notte…

– La prego, – il contino lasciò trasparire un fastidio forse eccessivo. E se ne pentí subito. Lediosca era fatta a modo suo. E, per misteriose ragioni, si era autoproclamata amica di Manrico, che chiamava Marcello per via della somiglianza, d'altronde innegabile, con Mastroianni.

– Scusami. Ho dimenticato quanto sai essere scontroso, caro.

– Sono io che devo scusarmi. È stata una giornata pesante. Ma non potremmo parlare in un posto piú… tranquillo?

Lediosca indossava una specie di pigiama giallo e in testa una cuffia a forma di cresta di gallo. L'insieme era grottesco, intonato al contesto.

– Non ci crederai, – sussurrò all'orecchio di Manrico, – ma questo costume l'ha disegnato proprio lui, Lorenzo Righi.

Un lampo furbo attraversò lo sguardo del padrone del *Pride*.

– Perché sei qui per questo, vero? I morti dell'opera…

– Lediosca…

Lei si mise l'indice sul naso, nel gesto di chi vuole zittire, e lo invitò a seguirla. Salirono la piccola rampa che portava al privé. Alle loro spalle scoppiarono applausi e fischi.

– Dev'essere partito il pezzo di sopra di Poka Karne, – commentò Lediosca, – non un grande spettacolo, sai, Marcello, il tempo passa inesorabile per tutti…

– La sento di vena poetica, Ledi.

– Ooh, finalmente un tocco di ironia, Marcello, non ti si addice quella posa da merluzzo surgelato, lasciala ai tuoi colleghi in toga, tu sei diverso da loro, credimi.

Sfiorarono il tavolo Vip. Sembrò, a Manrico, che la giornalista di costume gli lanciasse un'occhiata fra l'interessato e l'incuriosito. Forse l'aveva riconosciuto? D'istinto, chinò il capo e cercò di ripararsi da sguardi indiscreti. Al diavolo, ma perché poi? Lui era lí per lavoro, e anche avesse voluto regalarsi una serata burlesque non era mica un reato!

– Ecco, siamo arrivati, mio bel tenebroso magistrato!

Un salottino, con poltrone di raso, stampe erotiche alle pareti, un profumo penetrante di fiori freschi, luci soffuse. Qualcosa che sapeva di anni Cinquanta. O forse era il modo che aveva Lediosca per illudersi di possedere un tocco di classe. La verità era che tutto l'insieme trasudava volgarità e il disperato sforzo per cancellarla. Lediosca prese posto in una delle poltrone e invitò Manrico a sedere di fronte a lui. Il suo sorriso, che voleva essere furbo e appariva incongruamente disarmato, provocò a Manrico una stretta al cuore. C'era un segno di profonda infelicità, in quella creatura dal corpo brutto. Un'ansia di farfalla condannata alla breve eternità di un osceno bruco. Si diceva che in passato Lediosca avesse dato dritte alla Mobile. Lui e Manrico si erano incontrati ai tempi dell'inchiesta sul palazzinaro ucciso a bordo del suo yacht. Lediosca lo aveva aiutato in quell'occasione e anche successivamente. E senza chiedere nulla in cambio.

– Un drink? Whisky? Cognac?

– Ho già preso del rosso, grazie. Lediosca...

– Suppongo che tu voglia sapere di Jacky. Quel miserabile bastardo ingrato...

Una luce sinistra si era fatta strada negli occhi, piccoli e rotondi, di Lediosca. Le parole con cui aveva apostrofato Jacky erano gonfie di odio e di risentimento. Ma fu il transito di una nube passeggera. Lediosca riacquistò prontamente il suo tono fatuo. Si era prestato a «dare una mano» al ragazzo quando Lorenzo Righi lo aveva notato. Doveva inaugurare la nuova collezione, poi... *puff!*

– *Puff*?

– È scomparso. Dalla sera alla mattina. Tu che ne pensi, Marcello?

– Veramente, le domande dovrei farle io.

– Ah, certo, – sorrise Lediosca, – nei film ordinari, ma noi non siamo in un film ordinario, noi siamo speciali, Marcello...

– Ledi, vorrei che questa storia di Marcello...

– Comunque, – lo interruppe lei, ma senza dismettere il tono blasé, – sono felice che Lorenzo sia stato scagionato. Sai, c'era molto fermento nelle varie comunità elle-gi-bbi-tti, come diavolo vogliono farsi chiamare... Tutti questi inutili elenchi di nomi, mah... Insomma, lui, Lorenzo, è un mito. Una specie di Cristoforo Colombo, o se vuoi di Mosè.

– Addirittura!

– C'è chi si farebbe tagliare una mano per lui.

– Come Jacky?

– Quello, – sbuffò Lediosca, – era un opportunista. Avrei dovuto capire che prima o poi mi avrebbe pugnalato alle spalle. Gli sono servita per entrare nel giro, conoscere qualcuno qua e là, arrivare a Lorenzo, ma per il resto... Uno squallore che non ti dico, Marci!

– Perché non lo ha mandato via, allora?

– Sei mai stato innamorato, Marcello?

Bella domanda. Gli scappò un sorriso. La domanda delle domande. Se la poneva ogni giorno, lui stesso. E mai che ci fosse una sola risposta. Ce ne erano mille, di risposte. Tutte una diversa dall'altra. Quando sarebbe bastato invece un semplice sí o no...

– Be', io... – Lediosca era persa nelle sue fantasie. – Io mi innamoro di continuo. E non tollero che l'oggetto dell'amore non sia nelle mie mani, qui, a mia completa disposizione, un istante dopo l'altro.

– Si chiama possesso, non amore.

– Che stupida distinzione! Se non c'è possesso, non c'è amore! Ho sete –. Lediosca si alzò e pescò una mignon di whisky in un piccolo frigo.

– Sicuro di non volerti unire? – tornò a proporre, mentre riprendeva il suo posto.

– Grazie, no. Lediosca, la metto in guardia: l'amore deluso è sempre un movente formidabile, in caso di omicidio.

– Quando l'hanno ammazzato, quel miserabile? Comunque non importa, io sono rimasto qui sino all'alba. Ho un centinaio di testimoni.

– Mi ha risparmiato la fatica di un controllo, – convenne Manrico.

– Il fatto è che, – ridacchiò l'altro, porgendo la mignon come il calice al brindisi, – diciamo che conoscere Lediosca può essere utile a tanti livelli...

– Conoscere?

– Io condivido un segreto con te, tu condividi un segreto con me; io do una cosa a te, tu dài una cosa a me. Roma è una giungla fatta di tanti livelli, non sempre è chiaro chi offre e chi prende, e da chi... Guarda noi due: un integerrimo magistrato e una signora dai costumi un po' discutibili, qui, insieme, a condividere...

– A condividere cosa?

Lediosca si era come paralizzata. Forse inseguiva un pensiero vagabondo. Forse si era resa conto di essersi spinta troppo in là.

– Cosa? – incalzò Manrico. – Amanti? Affari? Droga?

– Io non ho niente a che vedere con quella robaccia! – protestò lei, indignata. E si chiuse in un mutismo risentito. Manrico sospirò.

– Va bene, non volevo...

– Figurati, è che la morte di un ragazzo mi mette addosso tanta tristezza... Che spreco, no? Anche se, devo ammettere, alla fine è venuto fuori che non era nemmeno una sorellina...

– Come sarebbe a dire?

– Ah, be', lui magari con Lorenzo Righi ci sarà anche andato, e anche noi due abbiamo fatto qualche cosetta ma... gli piacevano le donne! – La sua voce era vibrante d'indignazione. – Capisci, Marcello? Le donne! Fingeva. Fingeva di... Ah, lasciamo perdere, con tutti gli anni che ho sulle spalle ancora non ho imparato...

C'era della disperazione. Del vero dolore. Manrico provò una paradossale vicinanza a quel bandito che le convenzioni volevano agli antipodi della comune catena sociale.

– Lei mi ha dato una mano, in passato, – mormorò Manrico, – quali siano stati i motivi non lo so e, mi creda, non voglio saperlo. Mi è stata molto utile, Ledi. E gliene sono grato. Vorrei che mi aiutasse anche questa volta.

L'offerta fu accolta con una smorfia che stava a metà fra un sorriso e il finto broncio. C'era qualcosa di nobile, in fondo a tutto quel patetico, pensò Manrico. Quella di Ledi non doveva essere stata una vita semplice.

– Che cosa vuoi sapere?

– Le sue impressioni. Perché il ragazzo è scomparso cosí di botto?

– Oh, oh! – rise Lediosca, e finí di mandar giú il distillato. – Lo sai che è la prima volta che il conte Spinori chiede l'opinione del povero figlio di Vittoria Mariani e di nn...

Manrico non replicò. Restarono a fissarsi per qualche istante. Poi Lediosca sbuffò.

– Soldi, Marcello, soldi. L'unica cosa che gli interessava davvero. La sera della cena di gala dev'essere successo qualcosa. A parte il morto, dico, – aggiunse, rapida, prevenendo la possibile obiezione di Manrico. – Quella sera Jacky deve aver scoperto il modo di fare tanti soldi. E qui da me non si sarà sentito piú al sicuro.

– Ma perché?

Lediosca inalberò un'espressione disgustata.

– Che dire? Forse sapeva di fare qualcosa di sbagliato e aveva paura che riuscissi a dissuaderlo... Che ne so, è morto... Sarà sicuramente andato a rifugiarsi da quella sciacquetta.

– Aveva una ragazza?

– Nadia. Anzi: Nadia de Casal der Marmo. Cosí la chiamava. Un'altra borgatara come lui. Una mezza tossica. Se c'è una che ti può aiutare è lei. Però, ti rendi conto?

Manrico comprese che era una domanda retorica, e non interruppe il flusso dei pensieri di Lediosca. Lei si prese la testa fra le mani.

– Sai, si dava un sacco di arie, si credeva bellissimo, e lo era, alla fine riuscivi a sopportare pure quell'accento terribile. Cosa cazzo gli ha preso di farsi ammazzare, maledetto bastardo! Se fosse venuto da me, non gli sarebbe successo niente. Maledetto. Bastardo...

Lediosca piangeva. Era uno spettacolo strambo e commovente.

Manrico si alzò, posò una mano sulla straziante sofferenza di quel grottesco omone in pigiama giallo, e scivolò nella notte.

Come sempre, le informazioni di Lediosca furono importantissime per le indagini. Cianchetti ci mise meno di un'ora a individuare Nadia. Una ragazzetta secca e stralunata di Casal del Marmo, compagna di giochi di Jacky dall'asilo, e poi molto molto di piú. Sapeva che il suo ragazzo andava con gli uomini, ma era solo per i soldi e, ci tenne a precisare: «Lui lo dava, mica lo prendeva». Classica legge de borgata, rifletté Deborah, ripensando alle tante Nadie in cui si era imbattuta prima e durante il servizio in polizia. Sembravano fatte con lo stampino: piccole, sgraziate, quando serviva truccatissime, soggiogate da maschi brutali, cattive per necessità, in fondo disperate.

– Dopo quella serata all'opera è venuto a sta' qua da me, – raccontò la ragazza, tirando su col naso, e Deborah non capiva se era dolore, influenza o i postumi di un par de grammi de neve bianca, – dice che c'aveva per le mani un grosso affare, ma doveva aspetta' il momento bono...

– E non ti ha parlato di questo affare?

– No, però m'ha dato questo.

Nadia pescò da un cassetto un cellulare e lo consegnò alla poliziotta. Deborah strinse fra le mani con un brivido da cacciatrice esperta quella preda che, intuiva, si sarebbe rivelata preziosa: non poteva che trattarsi del telefono con il quale Jacky aveva effettuato lunghe riprese della cena che era costata la vita a Tito Cannelli. L'apparecchio la cui scomparsa Jacky aveva falsamente denunciato. Se chi lo aveva ucciso l'aveva fatto per nascondere ciò che quel telefono conteneva, aveva commesso un terribile errore.

– Quando te l'ha dato, Nadia?

– Quella notte, quann'è tornato dall'opera, che poi che c'avrà capito, poro Jacky, che a lui je piaceva la trap...

– E ti ha detto altro?

– M'ha detto: amo', co' questo 'amo svortato! – aggiunse Nadia, e si aprí in uno stentato sorriso, rivelando una bocca insospettabilmente ben tenuta.

– Mica sai il Pin? – tentò Cianchetti.

– Prova 4-2-18, che sarebbe quanno se semo fidanzati, – rispose la ragazza. E scoppiò a piangere.

XL.

L'apparecchio di Jacky era pieno zeppo di foto, video, messaggi, app, chat e quant'altro ci si aspetterebbe di trovare nella dotazione digitale di un ragazzo di poco piú di vent'anni. A Manrico e alla squadra, ovviamente, interessavano i materiali della serata di domenica 7 aprile. Gavina Orru isolò i video di quella giornata, li riversò, e procedette ad assemblarli a blocchi, al solo scopo di facilitarne la comprensione. Scartò tutte le riprese al Teatro dell'opera, prima e dopo lo spettacolo – durante *La traviata* Jacky si era attenuto all'obbligo di spegnere il cellulare –, perché prive di utilità: a parte una gaia sfilata di Vip, davvero niente di rilevante. Montò invece in sequenza rigorosamente cronologica i video della cena di gala: dall'arrivo di Jacky sino a quando, con un'ultima inquadratura sui barellieri che portavano via il corpo esanime di Tito Cannelli, il telefono era stato spento. Momento che coincideva con la cessazione di qualunque attività da parte dell'apparecchio stesso. Come si sapeva, il giorno dopo Jacky ne avrebbe denunciato lo smarrimento o il furto.

Per la visione, si ritrovarono tutti nella sala attrezzata della polizia giudiziaria, al terzo piano del palazzetto della Corte d'Appello. Una specie di piccolo auditorium, con persino poltroncine e uno schermo adeguato.

– La qualità delle immagini non è eccelsa, – anticipò la sarda, – ma abbiamo fatto il possibile.

– Oh, sempre mejo delle telecamere de sorveglianza! – commentò, senza allontanarsi molto dal vero, Cianchetti.

Vitale spense le luci e andò a sedere accanto a Manrico, in prima fila. Cianchetti, che superava i dieci decimi, era alle loro spalle, affiancata da Brunella, che aveva chiuso a chiave l'ufficio per non perdersi lo spettacolo. Gavina, dalla consolle di comando, fece partire le immagini. Mano a mano che le scene si susseguivano, dettava ogni passaggio a un programma di audioregistrazione. La sarda aveva già visionato i materiali e aveva preavvisato Manrico: c'era qualcosa, là dentro, a cui lei stessa stentava a credere, ma che se era vero poteva dare una svolta decisiva al caso.

– Video spezzone n. 1, sovrimpressione oraria: 23.23. Rumore di fondo e voci indistinte. Alcuni ospiti entrano nel salone dei ricevimenti. Si riconoscono due dignitari arabi che conversano con il sovrintendente Luci e Tito Cannelli che fa il suo ingresso sottobraccio a Irina Zed. Sullo sfondo si intuisce la sagoma del dottor Spinori. Interruzione.

– Com'è elegante! – scappò detto a Brunella.

– A Brune', guarda che te rimanno all'ufficio, eh! – la redarguí Cianchetti.

Orru si schiarí la voce.

– Video spezzone n. 2, ore 23.27. Entra Lorenzo Righi. L'inquadratura stringe su di lui. Si percepiscono alcune battute di dialogo:

JACKY Lorenzo, devo parlarti.

LORENZO Ah, sei qui, caro, non adesso, non è il momento.

JACKY È per quel lavoro, mi chiedevo…

LORENZO Non è il momento, ti dico. E poi, non l'ho piú nemmeno io, un lavoro.

JACKY Ma che stai a di'!

LORENZO La verità. Cannelli e quella stronza di Irina mi hanno fatto fuori.

JACKY Non fare cazzate, eh!
LORENZO Seeh, seeh…

Il video non si interrompe. Jacky inquadra Irina Zed, che, con un soprabito indosso, si sta dirigendo verso il guardaroba che si trova sul lato opposto rispetto a quello del tavolo d'onore. A questo punto ci sono due, anzi, quattro secondi di nero.

– Video spezzone n. 3, ore 23.31. Irina, a tre quarti rispetto all'inquadratura, sta consegnando il soprabito. Quando la guardarobiera si addentra tra i cappotti per depositare quello appena ricevuto, Irina fruga nella pochette e ne estrae un oggetto. Lo tiene nella mano destra. La guardarobiera nel frattempo riappare, e Irina ritira lo scontrino con la sinistra. Il braccio destro, in questo momento, è aderente al corpo, la mano chiusa. Irina si volta per tornare al tavolo. Fatti pochi passi – l'inquadratura è ravvicinatissima – la donna quasi si scontra con Jacky. Per evitare il contatto, Irina fa un movimento brusco, e istintivamente la mano destra si apre. L'oggetto che vi era contenuto cade per terra. Il ragazzo mormora una parola di scusa, Irina si china rapida a raccogliere ciò che le è caduto. Appare nervosa…

– Dovrebbe cancellare quest'ultimo commento, – suggerí Manrico, – in tribunale non glielo passerebbero. Potrebbe inquinare la prova.

Gavina annuí, tornò indietro col video, cancellò il frammento incriminato della registrazione. Deborah trattenne un'imprecazione. Ma che… Oh, c'era qualcosa nell'aria, annamo, su, poi alla procedura ce se pensa dopo…

– Riprende la visione del video spezzone n. 3. Sono le 23.33. Irina si china a raccogliere l'oggetto caduto. Jacky lo sta inquadrando, mette bene a fuoco, è davvero un tempo molto breve, ma… Guardate… Ecco, adesso ritaglio il fotogramma e lo isolo… Lavoro coi pixel… Guardate…

L'oggetto che Irina aveva sbadatamente lasciato cadere e che ora si affrettava a riprendere era una boccetta di vetro, dentro la quale si intuiva una sagoma confusa. Il vetro della boccetta era bianco, la cosa che si trovava all'interno sembrava presentare sfumature gialle, o arancioni, o ancora brune. O tutti e tre i colori.

– Sono riuscita a isolare e aumentare anche questo ulteriore frame, immediatamente successivo al precedente.

Irina non aveva ancora ripreso la boccetta. Ma la sagoma all'interno aveva cambiato posizione: si era mossa.

– Abbiamo una cosa viva, là dentro, – azzardò Vitale.

– Una cosa viva e a strisce gialle... – intervenne Cianchetti, che cominciava a farsi un'idea.

L'immagine della cosa, intanto, pulsava sullo schermo.

– Esiste un software molto avanzato, – esordí Gavina, – sperimentale, dottore, – precisò, rivolta al magistrato. – Non se ne parla proprio in tribunale, anzi, è un protocollo dei canadesi, loro sono molto avanti in questo campo, e io non dovrei nemmeno averlo... Non ufficialmente, intendo.

– Però mo' che ce l'hai, – quasi urlò Deborah, – nun ce fa' mori'... Che se vede?

Gavina intercettò lo sguardo di Manrico, che annuí. La sarda cliccò su un diverso file. Apparve l'immagine a tutto schermo della boccetta di vetro con il suo stravagante, e ancora indecifrabile, contenuto.

– Questa è un'elaborazione in 3D che prende le mosse dalla realtà aumentata. Adesso, guardate...

La parete della boccetta cominciò lenta a dissolversi, e la forma all'interno prese ad assumere contorni sempre piú definiti. Il nero e il giallo si rivelarono parte di una sequenza alternata, e il bruno virò piano verso l'arancione. Una forma animale si andava a poco a poco delineando. Manrico e la squadra stentavano a credere ai loro occhi.

– È successo anche a me, – li rassicurò Gavina. – Ma… Eccolo là.

Al centro dello schermo si stagliava un perfetto esemplare di *Vespa mandarinia*. Il calabrone asiatico che aveva causato la morte di Tito Cannelli.

Deborah fissò Vitale, che fissò Brunella, che fissò Manrico. Quattro paia di occhi tornarono a convergere su Gavina Orru.

– Se andiamo avanti, c'è ancora qualcosa da vedere, – riprese, imperturbabile, la sarda.

– Video spezzone n. 3, ore 23.33. Irina Zed recupera la boccetta e la intasca precipitosamente. L'abito che indossa ha due ampie tasche nelle quali si possono custodire diversi oggetti. Si osservi come la donna non abbia deciso di utilizzare la pochette, nella quale pure avrebbe agevolmente trovato posto la boccetta. Andiamo avanti. Video spezzone numero 32, ore 00.47. Si sta preparando la cerimonia, scusate, la sfilata di moda. Irina Zed è accanto alla vittima, Tito Cannelli. È, per la precisione, alle sue spalle. Si china su di lui, in quello che appare un moto affettuoso. Vi prego di notare: ha il pugno destro chiuso. Ecco, guardate questo dettaglio: Irina avvicina il pugno destro al colletto della camicia di Tito Cannelli, in quello che sembra il gesto di chi sta aggiustando il colletto stesso o la cravatta… È davvero una frazione di secondo. Cannelli sorride quando avverte il contatto della donna. Ecco, qui: Irina ritira la mano. Guardate: è aperta. Prima, era chiusa a pugno…

– Nella mano ce sta la bestia, – concluse Deborah, – lei finge di dare un buffetto al futuro marito, gli aggiusta la cravatta, gli sussurra, te vojo bene, amore mio, e allo stesso tempo gli infila l'insetto sotto la camicia, e quello fa il lavoro suo…

– Ma se lo teneva in mano si doveva pungere! – obbiettò Brunella.

– Il mio amico entomologo, – intervenne Manrico, ricordando la conversazione con Vincenzo Contursi-Balladore, – sostiene che ci si può mitridatizzare, e che addirittura ci sono soggetti immuni. E poi, nessuno ha verificato se Irina fosse stata punta, quella sera...

– Ma la vespa, dopo che ha piantato il pungiglione, non muore? – chiese Vitale.

– Quelle sono le api... – disse Gavina.

Visionarono altri spezzoni, a campione. Si vedeva il momento in cui Cannelli, verosimilmente dopo la prima puntura dell'insetto, afferrava il tubetto di antistaminico e deglutiva una pasticca. Ammesso che fosse un vero antistaminico. Se si trovavano al cospetto di un omicidio premeditato, quella era al massimo aspirina. O un qualunque integratore.

– Insomma, – Cianchetti tentò di tirare le somme, – Irina si porta dietro una vespa assassina, e ammazza Cannelli. Il giovane Jacky la vede e cerca di ricattarla...

– Come faceva Pellegrani a sapere che Cannelli era allergico? – obbiettò Vitale.

– Ma è uscito su tutti i giornali, – ribatté Cianchetti, sicura, – e noi l'abbiamo interrogato una settimana dopo la morte del vecchio.

– Fila, – osservò Vitale, – lí per lí magari non si è reso conto di quello che aveva per le mani, poi la notizia esce e lui capisce che potrà spremere Irina...

– Intanto, ha avuto tutto il tempo di denunciare la scomparsa del telefonino, – aggiunse Orru.

– Cosí se spiega tutto, – Cianchetti era sempre piú convinta, – le ripetute telefonate da Jacky a Irina nun so' perché cercava lavoro, era un ricatto bello e buono. Allora lei decide di punirlo, gli dà appuntamento e *pam*, *pam*, storia chiusa. Cosí se pensava, 'a sora ucraina...

– Come rientra l'avvocato nello schema? – domandò Vitale.

– E come rientra! E che ne so! Forse pure lui la ricattava... – si difese Cianchetti

– O forse sono stati davvero i calabresi, – azzardò Brunella.

– Dotto', che si fa?

Era proprio ciò che Manrico si stava chiedendo. Come d'abitudine, ragionando a voce alta, coinvolse la squadra nell'elaborazione della migliore strategia.

– Processualmente, queste prove non esistono. Sono solo suggestioni. Qualunque avvocato degno del nome ci farebbe a pezzi, in aula. Immaginate poi una giuria popolare... Calabroni assassini, finti antistaminici...

– Diranno che la vespa l'ho costruita io, – concordò Gavina, – col 3D. I consulenti della difesa mi aggrediranno...

– Ahò, ma 'sta Irina e mica la lasciamo anda' cosí! – insorse Deborah.

– E poi quale sarebbe il movente? Posso capire il ricatto, – riprese Manrico, – ma Cannelli? Quei due non si dovevano sposare? Perché lei avrebbe dovuto ucciderlo?

– Insomma, secondo lei stamo a sbaja'...

– No, – Manrico ribatté deciso, – come sapete, ripongo totale fiducia nelle qualità di Gavina.

– Dottore, non esageri. Magari era solo un gioco di luce, e io mi sono immaginata...

– E magari, invece, è andata proprio cosí. E noi dovremo scoprire perché. Una strada possibile sarebbe quella di metterle pressione.

– La interroghiamo? – propose Brunella, in preda all'entusiasmo.

– A Brune', – sbottò Cianchetti, – che vai dallupo e je dici, a sor lupo, che te lo sei magnato te, l'agnello?

Anche Brunella, alla fine, sorrise alla battuta. No, non l'avrebbero «lasciata andare», assicurò Manrico. Ma bisognava andarci coi piedi di piombo.

– L'attacco diretto ci farebbe soltanto sbattere contro un muro. Procederemo cosí. Iscriviamo la Zed nel registro degli indagati. Ma niente perquisizioni, niente attività visibili. Intercettazioni. Non sarà facile convincere il Gip. Pedinamenti, tabulati... E non una parola con nessuno.

– E se capisce: qua se vie' fori 'sta storia del calabrone assassino finimo tutti su *Striscia* o chissà dove! – tagliò corto Deborah.

– E mentre stava morendo, – sussurrò Brunella, affranta, – Irina gli ha dato pure un bacio!

Già. Il bacio. Per consolarlo, Vera gli aveva detto che Tito Cannelli era stato fortunato: l'ultimo volto che aveva visto, prima di morire, era quello di Irina, che lo amava. E da cui aveva ricevuto l'ultimo bacio. Ma non sempre l'ultimo bacio è un bacio d'amore.

XLI.

Quando era impegnato in inchieste scottanti – vale a dire, inchieste che stavano a cuore a Gaspare Melchiorre – Manrico godeva di assoluta franchigia rispetto al lavoro ordinario. In pratica, con grande invidia e maldicenza di molti colleghi, era esonerato da ogni altro impegno professionale. Di tanto in tanto, però, Gaspare lo precettava: si trattava di interventi d'urgenza, casi disperati che il procuratore affidava a Manrico per una sola ragione: si fidava di lui. Che poi questa fiducia dipendesse anche dal fatto che Gaspare non temeva di incappare in una qualche forma di rivalità, perché considerava Manrico privo di ambizione – difetto insormontabile, ai suoi occhi – era cosa che il contino aveva intuito. Ma che non gli faceva né caldo né freddo.

Catapultato in Assise con poche ore di preavviso, studiò rapido la vicenda. Un'anziana era morta in seguito a una caduta accidentale. Il figlio se l'era presa con la badante, accusandola di aver maltrattato la madre e di averle inferto la spinta che avrebbe causato l'impatto fatale. La prova scientifica era del tutto negativa. Il caso avrebbe dovuto essere archiviato in fretta. Ma si era andati a processo. Il figlio aveva fatto fuoco e fiamme, montando un'aggressiva campagna sui social. Ne era scaturito un confuso movimento, #GiustiziaperDaniela#, animato da una variopinta congerie di risentiti. Si invocava a gran voce la condanna della badante. L'incidente era escluso. Occorreva un capro espiatorio. Da quel vecchio politico che era, Gaspare Melchiorre aveva disposto il rinvio a giudizio. Poi aveva incaricato Manrico: serviva qualcuno che avesse la forza di alzarsi e chiedere l'assoluzione con formula piena sfidando l'ira dei familiari. E infatti il contino, dopo una breve requisitoria, fece esattamente cosí. Gli avvocati di parte civile indossarono la doverosa maschera indignata. Il figlio lo fissò con occhi carichi di odio. In fondo, Manrico lo capiva. Quell'uomo si sentiva colpevole. Aveva abbandonato la madre nelle mani di un'estranea. Si sarà chiesto milioni di volte, «E se ci fossi stato, se fossi stato presente, lei sarebbe forse ancora viva?» L'impossibilità di rassegnarsi alla perdita di chi ci ha messo al mondo, la necessità di trovare una causa esterna... Tutto questo coacervo di sentimenti che si rovesciava, immancabilmente, sulla giustizia. Il processo, la drammatica discarica delle umane sofferenze...

Gli avvocati della parte civile e della difesa si scatenarono in arringhe fluviali. La mente di Manrico tornò sui pensieri che lo ossessionavano. Alla fine aveva ceduto a Gaspare, era tornato a occuparsi dei delitti all'opera. Non si era impuntato, eppure avrebbe potuto. A parte la tensione verso la verità... era forse un tentativo di riconquistare la fiducia di Vera Grant? Onestamente, non era in grado di dirlo. Vera gli piaceva, e aveva provato piú volte a riprendere il discorso interrotto. Ma davanti ai reiterati dinieghi di lei, Manrico sentiva che la sua volontà si stava affievolendo. Lo stesso desiderio si raffreddava. E, ancora una volta, la malinconia stava pericolosamente dilagando.

Erano già passate le due del pomeriggio quando la Corte rientrò in aula. Tutti si alzarono. Il Presidente lesse la formula assolutoria. Il figlio scattò in piedi con una sorta di urlo belluino.

– È una vergogna! Questa non è giustizia! Non sono piú cittadino italiano! Non voterò mai piú! Venduti! Vergogna…

La Corte rientrò in camera di consiglio. Il Presidente scuoteva la testa, affranto. Manrico raccolse le sue cose e abbandonò l'aula, mentre gli avvocati cercavano di consolare l'uomo. Quelle grida, quella rivendicazione, l'enfasi sulla disperazione… Ogni gesto era parte di un rito, tutto era falso, monotono. Manrico sapeva di aver fatto la cosa giusta, il guaio era che anche il figlio si riteneva dalla parte giusta. C'era solo da sperare che, prima o poi, guardandosi allo specchio, riconoscesse la verità e se ne facesse una ragione.

In ufficio, Orru aveva un'espressione sconsolata. Il Gip aveva autorizzato l'intercettazione sul cellulare di Irina e sui telefoni aziendali. Gli esiti erano, al momento, nulli.

– I tabulati? – chiese Manrico.

– Avevamo già quelli del periodo prossimo alla morte di Cannelli. Siamo risaliti agli ultimi sei mesi. Molte telefonate di lavoro, molti contatti con Cannelli, Mainz, Lorenzo Righi; la cerchia lavorativa, insomma. Confermate le chiamate con Giacomo Pellegrani, sia la sera della morte che nei giorni precedenti. La prima è dell'8 aprile, quindi del giorno dopo la morte di Cannelli.

– E qui direi che conosciamo il momento in cui è partito il ricatto…

– Già. Dai tabulati, poi, sappiamo che in effetti la Zed è stata dieci giorni in Giappone nel mese di marzo, lo provano le chiamate intercontinentali…

– E dopo?

– Dopo, cosa, dottore?

Manrico si era ricordato del colloquio di Getaria, quando Lorenzo Righi gli aveva detto che Irina era cambiata al ritorno da quel viaggio.

– Dopo il Giappone.

Un po' sorpresa dalla domanda, Gavina si mise a spulciare i tabulati.

– Toh! – esclamò poi. – L'ultima chiamata dal Giappone è del 26 marzo, la prima dall'Italia, in uscita, è del 27. E proprio lo stesso 27 ci sono due chiamate in entrata, e il chiamante... siamo noi, dottore.

– Noi?

– Nel senso: il centralino del Tribunale di Roma. Non l'avevo notato, mi scuso, è un numero che non sono abituata ad associare alle indagini...

– C'è modo di rintracciare l'interno?

– No, a meno che... Ajò, siamo fortunati! Guardi...

Con aria sollevata, Gavina girò il largo foglio fitto di numeri e sigle per consentire a Manrico di seguire la direzione indicata dal suo indice. Il magistrato si schermí, e rigirò il foglio. Gavina ridacchiò. L'allergia di Spinori per numeri e sigle era proverbiale.

– Ci sono una terza e una quarta chiamata, questa in uscita.

– E dunque?

– È indicato l'interno. Significa che la Zed riceve due chiamate, poi da noi, cioè dal tribunale, le dànno direttamente il passante; lei richiama e si mette in contatto con chi la cercava.

– E cioè?

– L'ufficio Corpi di reato, dottore.

XLII.

Uno dei metodi piú classici, e piú utili, per risolvere un caso criminale è quello di interrogare gli oggetti. A differenza dei testimoni – spesso scivolosi, quando non interessati – e di chi è direttamente coinvolto – parte offesa o presunto colpevole che sia –, gli oggetti sono indifferenti, neutri, affidabili. Un po' come i cadaveri, aveva spiegato a Manrico il pubblico ministero che lo aveva iniziato al mestiere, oramai quasi trent'anni prima. Bisognava, insomma, prestare una grande attenzione agli oggetti e alle storie che erano in grado di raccontare. La pistola o il coltello in un'aggressione a mano armata; gli abiti indossati da chi aveva ricevuto un colpo; la borsa da lavoro della vittima e il suo contenuto; la misura e lo stato di usura delle suole di scarpe contaminate da tracce ematiche; i fori d'entrata delle pallottole su una camicia... Ma anche il cellulare, il martello pneumatico, la busta con gli avanzi del panino preparato a casa e consumato sull'impalcatura, priva di tavoletta fermapiede, dall'operaio che di lí a poco avrebbe perso l'equilibrio e sarebbe precipitato al suolo. Ogni oggetto ha un suo posto, nella geografia del crimine. E per questo va assicurato al fascicolo, trattato e custodito con la massima attenzione.

Esiste un ufficio, una sorta di bottega magica, nel quale confluiscono i reperti materiali acquisiti agli atti dei processi. Si chiama «ufficio dei Corpi di reato». Occupa vasti stanzoni in ogni insediamento consacrato alla giustizia penale. Gli oggetti sequestrati in margine a un'inchiesta penale, però, servono finché il processo non è concluso. Dopo di che, tornano a essere meri oggetti. La carica simbolica che hanno espresso si sfarina, cosí come l'attenzione del pubblico nei confronti della domanda chi-ha-ucciso-chi. Ogni oggetto riprende la sua destinazione originaria: restituzione, distruzione, consacrazione. Si rendono i beni che hanno ancora valore commerciale, o affettivo, quando se ne individua il titolare; si distruggono le cose di per sé nocive, come la droga, quelle inutilizzabili o prive di valore, e quelle di cui non si riesce a individuare il titolare; le armi si assegnano agli appositi siti di custodia; certi reperti di interesse storico – l'autovettura crivellata di colpi sulla quale viaggiava Aldo Moro; i rottami del Dc9 caduto a Ustica – finiscono nei musei. Di norma, i giudici incaricati di un caso provvedono celermente sul destino dei corpi di reato. Talora i processi si trascinano per le lunghe, e ignari parenti o immemori testimoni, e persino imputati che hanno da tempo scontata la pena si vedono convocare e chiedere: che vogliamo farne dell'agendina del 2007? Le interessa la camicia hawaiana che zio Pietro indossava quando l'hanno fermato per atti osceni in luogo pubblico? C'è qui una bicicletta con la ruota sfondata del 2011, la rivendica? In altri casi, infine, semplicemente ci si dimentica per lunghi, lunghissimi anni dell'esistenza di certi corpi di reato. Finché qualcuno non decide di fare pulizia e, d'improvviso, tutti sembrano presi da una insospettabile frenesia ordinatoria.

Era esattamente quanto accaduto con Irina Zed. Lo spiegò un anziano archivista, dopo meticolosa ricerca su due canali: uno costituito da materiali digitalizzati, e l'altro – di certo piú comodo, ridacchiò l'omino – da voluminosi registri cartacei zeppi di annotazioni a mano. Un bel giorno qualcuno si era svegliato e aveva deciso che era giunto il momento di liberarsi di quella grossa scatola di cartone nella quale giacevano un bel po' di cose, ammucchiate alla rinfusa sin dal lontano 2004.

E cosí, in qualità di unica erede della defunta signora Santucci Marianna, Irina Zed era stata convocata in tribunale e aveva provveduto al ritiro di alcuni effetti personali, segnatamente di una borsa da donna di marca indeterminata – a causa di una macchia sul verbale, il logo dell'oggetto era non identificabile – e del suo contenuto, che l'archivista-custode elencò con minuziosità, spuntando da un foglietto dattiloscritto rimasto agli atti: portafogli contenente euro 75 (una banconota da cinquanta, due da dieci, una da cinque), somma versata su libretto infruttifero numero…; patente e carta d'identità della Santucci; biglietti delle autolinee tramviarie urbane ed extraurbane di Roma; biglietto da visita intestato a Perrone Investigazioni, via Virginia Agnelli 97, tel. 065897588 - 336775757; nécessaire porta trucchi; una penna a sfera; salviettine umidificate; una macchina fotografica elettronica tipo AXZ 56B27. Altri oggetti in sequestro, che non erano stati ritirati dalla Zed, erano stati distrutti. Tutto il materiale risultava allegato al procedimento numero…; archiviato il…; procedimento a carico di ignoti per omicidio colposo in danno di Santucci Marianna, commesso in Roma il 14 maggio del 2004.

Marianna Santucci era la madre adottiva di Irina Zed.

Quindici anni dopo la sua morte, Irina era rientrata in possesso della sua borsa e di una macchina fotografica.

Il ritiro era avvenuto subito dopo il rientro dal Giappone.

Da quel momento, secondo Lorenzo Righi, lei non era piú stata la stessa.

Che cosa era successo?

In quella borsa, in quella macchina fotografica, c'era qualcosa che aveva sconvolto Irina e l'aveva spinta a commettere due, forse tre omicidi?

Ma li aveva poi davvero commessi lei?

Manrico e Orru impiegarono due giorni per rintracciare il fascicolo sull'incidente mortale patito da Marianna Santucci. La burocrazia dà, e la burocrazia toglie. Per un archivio ordinato, ce n'erano dieci caotici; per un funzionario zelante, ce n'erano dieci dormienti. Il fascicolo aveva un suo numero di serie. Il numero era stato inserito in un elenco di procedimenti esclusi, per irrilevanza, dalla digitalizzazione. Quindi, occorreva rivolgersi ai registri cartacei. Quello del Gip rimandava al Pm, che sosteneva di aver consegnato tutto al Gip. Manrico invocò l'aiuto di Gaspare Melchiorre. Dopo una mezza giornata di consultazioni ai massimi livelli, il fascicolo saltò fuori. Manrico e la squadra lo esaminarono. Era scarno. Conteneva un album fotografico del luogo del sinistro – uno stradone nella zona di Monteverde Nuovo – con immagini che, da varie angolature, ritraevano il cadavere di Marianna Santucci: una donna di cinquantacinque anni, travolta al tramonto di un venerdí di primavera da un automobilista pirata. Mai identificato.

Fu Deborah Cianchetti a notare l'unico particolare degno di rilievo.

– Però è curioso, dotto'.

– Cioè, Deborah?

– Be', guardi qua... L'incidente... cioè, l'investimento è avvenuto in questa via Agnelli davanti al civico 93... Dove stava quell'investigatore privato di cui la morta aveva il biglietto?

– In via Virginia Agnelli numero 97, – la confortò Orru.

– Forse quando l'hanno investita andava, o tornava, da lui...

L'ipotesi avanzata da Vitale non era priva di fondamento. Certo, passati quindici anni sarebbe stato difficile, se non impossibile, capire se davvero la signora Santucci aveva un appuntamento con questo Perrone. E di che cosa si trattava. E magari la Perrone Investigazioni nemmeno esisteva piú. Ma un tentativo bisognava pur farlo.

– La Perrone Investigazioni esiste ancora, – Orru, naturalmente, aveva controllato in rete.

– Ce penso io, – Cianchetti agguantò il giubbotto e si lanciò all'assalto.

– Sarà meglio che venga con lei, – e Manrico si aggregò.

XLIII.

Ma perché Spinori aveva insistito per venire dal detective? Sulle prime, Deborah aveva pensato male: nun se fida de me. Oppure: mo' che è tornato, vuole farci vedere quanto ce l'ha lungo, come qualunque maschio che c'ha un minimo de potere. Ma le cose non stavano cosí.

Il giovane Valdo Perrone – figlio dell'originario fondatore della società investigativa – li fece accomodare nel suo spazioso ufficio e, dopo aver stretto loro la mano, affermò che era un piacere e un onore ricevere la visita di due autorevoli paladini della giustizia.

– Ma mi corre l'obbligo di informarvi che a qualunque domanda, richiesta, sollecitazione, invocazione mi sarà rivolta, opporrò il segreto professionale. Prima mio padre, e poi io, esercitiamo questa professione da circa mezzo secolo, e possiamo vantarci di non aver mai tradito la fiducia di un nostro cliente.

– Sicuro? – Cianchetti scese subito sul ring. – L'articolo 139 del Testo unico di pubblica sicurezza vi obbliga a collaborare con noi!

– E l'articolo 200 del Codice di Procedura Penale, mia cara ispettora, estende agli investigatori privati autorizzati, – e qui l'uomo indicò una licenza incorniciata appesa alla parete alle sue spalle, – la facoltà di opporre il segreto professionale.

– Possiamo parlarne, – concesse, sempre signorile, Spinori, – perché non le sfuggirà, caro dottor Perrone, che il segreto professionale non è mai assoluto, ma opera nei limiti di legge.

Era una sottile questione giuridica. Il magistrato aveva intuito la piega che avrebbe preso l'incontro con l'investigatore. E aveva deciso di dare una mano a Cianchetti. Lei apprezzò, ma con un brivido di terrore. Per dire: se al concorso da commissario le avessero chiesto «Mi parli dell'articolo 200», allo stato attuale avrebbe fatto scena muta.

– Dubito che riuscirà a convincermi, – ribatté Perrone jr, – ma la ascolto.

Era il tipo sui quaranta che comincia a brizzolare e si bombarda di palestra. Naso camuso e fronte bassina. Con camicia a righe e bretelle rosse, come certi soggetti laccati e leccati da talk-show. A Deborah era stato istintivamente antipatico. Gli investigatori della Tv erano molto piú fichi. Questo se la tirava troppo, per i suoi gusti.

– Si tratta di capire se una certa persona è stata sua cliente. E, in caso di risposta affermativa, di sapere che tipo di indagini le aveva commissionato.

– A me personalmente, dice?

– Credo piú facilmente a suo padre.

– Che ora non c'è piú. E comunque: segreto professionale.

– Anche la presunta cliente, se è per questo. È morta.

– Mi dispiace, ma…

– In tal caso, lei ne converrà, Perrone, non sussiste alcun obbligo di riservatezza nei suoi confronti.

– Veramente…

– Oltretutto, – incalzò Manrico, – non risulta che lei, o suo padre… Insomma, non risulta che l'agenzia agisse nell'ambito di un mandato difensivo. Non c'era nessun procedimento in corso. Era un'indagine privata commissionata da una privata cittadina, e su terza persona.

– Comunque...

– Potrei, – Manrico era partito alla carica, sempre mantenendo il suo tono amabile, – trascinarla in Corte d'Assise e dimostrare che non c'è stato nessun segreto da tutelare, in questa vicenda. La norma mira a tutelare il rapporto fra il professionista, cioè lei, il cliente, ed eventuali fonti. In questo caso, la cliente è morta e di fonti non se ne parla. Si potrebbe addirittura ipotizzare la mancanza di un vero e proprio incarico. Non dubito che riuscirei a convincere i giudici. Posso intanto dirle il nome della cliente? Della presunta cliente? Si chiamava, – aggiunse, – Marianna Santucci. Il caso che ci riguarda dovrebbe risalire alla primavera del 2004.

– Ma è la notte dei tempi! – tentò di alleggerire Perrone.

– E dài! – insorse Cianchetti. – Ce stanno di mezzo due omicidi, forse tre!

L'incursione si rivelò insospettabilmente opportuna. Il bretellato fece una curiosa smorfia, fra il sofferente e il perplesso. Infine, con un sospiro, si mise a digitare sulla tastiera del computer.

– Santucci, ha detto?

– Precisamente.

– Devo controllare nel database. Ah, ecco, sí, Marianna Santucci, c'è un fascicolo. Ma è archiviato. Non risulta digitalizzato. Dovrei verificare nell'archivio cartaceo.

– Non abbiamo fretta, – lo rassicurò Manrico.

Sbuffando, Perrone uscí dall'ufficio.

– Oh, l'ha convinto! – si complimentò Cianchetti.

– Diciamo che stavamo fifty-fifty, – rispose Manrico, – nel senso che ho sostenuto una tesi giuridica alquanto audace, e magari sarebbe cominciata una guerriglia infinita...

– Ma allora perché ha mollato, eh?

– Secondo me perché è roba vecchia, non gliene frega piú niente, e avrà pensato di tenersi buoni una poliziotta e un magistrato, non si sa mai…

Hai capito, il contino! Sembrava bollito, qualche giorno fa, e invece sta a recupera' alla grande!

L'attesa durò una quindicina di minuti. Deborah ne approfittò per chattare con Diego Cosenza. L'ispettore capo aveva la serata libera; proponeva cinema e pub, e in coda al messaggio inviava la faccetta con gli occhiali neri e la smorfia paracula di Bugs Bunny. Lei accettò senza starci troppo a pensare. Era giusto rimettere la testa fuori dal sacco. Negli ultimi tempi era stata orribile con Diego, che, pora stella, non se meritava di sta' a fianco a una strega.

– Eccolo qua, – ricomparve Perrone. – Magari, se potessimo fare un verbalino di consegna, cosí, per correttezza…

All'ipotesi del contino – Perrone voleva tenersi buoni il giudice e la sbirra, ecco perché era stato subito cedevole – Deborah avrebbe aggiunto un'altra possibilità: che avesse qualcosa da farsi perdonare. Ma, alla fine, quello che contava era il risultato. Impaziente, mentre Manrico e il detective cercavano la formula per verbalizzare il passaggio di mano del fascicolo, Deborah aprí una pagina a caso. Lesse poche righe. Compulsò la fototessera spillata a un certificato penale che recitava «incensurato». Tornò alla prima pagina, che conteneva appunti manoscritti, forse di Perrone sr, forse della committente.

– Dotto', – esclamò, – la Santucci aveva chiesto d'indagare su Tito Cannelli!

Piú tardi, mentre esaminava le carte – che erano state fotocopiate e distribuite in ufficio – Manrico capí che sin dall'inizio di quella sciagurata inchiesta aveva sbagliato bersaglio. Ora, una diversa verità cominciava a farsi strada. Ora poteva chiaramente mettere a fuoco quel vuoto, quella mancanza che aveva sempre avvertito nei precedenti incontri con Irina Zed.

Era la mancanza di Tito Cannelli: non una fotografia, non una memoria... Irina lo aveva cancellato dalla faccia della Terra, poi dalla sua vita e dal suo passato.

Ma perché? Solo lei poteva spiegarlo.

XLIV.

– Vediamo di fare un po' di chiarezza, signora Zed.
– Da dove vuol partire, dottor Spinori?
– Direi dal principio, se lei è d'accordo.
– E dunque?
– Siamo entrati in possesso di nuove informazioni, – sospirò il contino, – che necessitano ulteriori approfondimenti...

Si fermò, di colpo, e si mise a fissare Irina Zed con un'aria fra il perplesso e il determinato. Voleva farle intendere che sapeva, ma che aveva bisogno di sapere di piú. O forse convincerla che sarebbe stato inutile negare. Deborah Cianchetti aveva una certa esperienza di interrogatori. Quelli del suo Pm sfuggivano a tutte le regole. Non erano neanche interrogatori in senso stretto. Era piuttosto la situazione col contino che se pija il tè co' l'amici. La loro stessa presenza in quel momento insieme a un'indagata che sarebbe stata meglio dietro quattro solide sbarre... Be', era tutto dannatamente irrituale. 'Na cosa un po' da giallo inglese e un po' da sagrestia. Deborah non è che avesse capito proprio bene. Ma funzionava. Altro che, se funzionava. Spinori, quando le prove latitavano, proponeva una specie di patto al presunto colpevole, che poi non era mai presunto, ma colpevole sí, perché 'na cosa va detta: il magistrato c'azzeccava sempre. Un patto, dunque: io ti dico com'è andata, e, se tu hai ancora nel fondo del tuo nero cuore un barlume di coscienza, mi aiuterai a liberarti dal peso della colpa con una bella confessione. Tutto assai poco ortodosso: Spinori diceva che per capire il suo metodo bisognava leggersi un vecchio romanzo, *Delitto e castigo*. A Deborah un po' di curiosità era venuta, ma le dimensioni del volume l'avevano spaventata: già faticava coi manuali per l'esame da commissario, figuriamoci caricasse 'sto accollo de settecento pagine. Cosí si era letta la trama su Wikipedia. Quello che aveva capito era che al giudice del romanzo interessava piú salvare l'anima del criminale che sbatterlo in galera. Se vede che erano altri tempi. E comunque, alla fine si trovavano davanti a Irina Zed, nel suo magnifico salotto con porta-finestra spalancata sull'attico dal quale si godeva un'impareggiabile vista dei Fori. Per giunta, in una luminosa mattina di maggio. E secondo il contino, mo', quella rinuncia a tutto questo per il piacere di salvarsi l'anima? Mah!

– Che cosa sta cercando di dirmi, signor magistrato?

– Signora Zed... Irina...

– È la prima volta che mi chiama per nome, – rimarcò lei, con una certa mitezza.

– Mi perdoni, so che non è appropriato.

Irina sorrise, con un gesto vago. Poi piantò gli occhi addosso al magistrato. Uno sguardo difficile da sostenere. Manrico aveva rilevato come, rispetto agli ultimi incontri, la donna avesse fatto notevoli sforzi per tirarsi un po' su. I capelli erano in ordine, l'austero maglione nero con comodi jeans metteva in risalto l'incarnato, meno pallido, e dal suo corpo tonico emanava una lieve fragranza fruttata. Ma era un rammendo, con ogni evidenza: il trucco accentuato non riusciva a mascherare del tutto le impurità della pelle che risaltavano in modo oltraggioso, in particolare sulle guance. Quello sguardo, però... Chiunque altro lo avrebbe definito intenso, provocatorio. Avrebbe pensato: ecco, sta elaborando una strategia. Ora mi racconterà la versione dei fatti che, forse, ha già ideato in vista di una possibile inchiesta. Non Manrico. Lui aveva incrociato altre volte quello sguardo: in un assassino seriale detenuto in un carcere di massima sicurezza, nel matricida schizofrenico che aveva obbedito alle voci che uscivano dal rubinetto del bagno e gli ordinavano di accoltellare chi lo aveva messo al mondo, nel giovane borgataro intossicato di Mdma che aveva spaccato a martellate la testa del suo amico d'infanzia. Era lo sguardo di chi sa di non avere nessun futuro. Lo sa, e se ne frega. Piú volte, però, quello sguardo era stato il preludio di un torrente di parole. Che fosse rivendicazione, pentimento, liberazione, alla fine la confessione era arrivata.

Irina Zed sospirò. La bella Claudia Chauchat non c'era piú. Aveva lasciato il posto a una marionetta assassina. Ma a Manrico, il perché, ancora, sfuggiva.

Un sorriso gentile si dipinse sul volto della donna, accompagnato da un aggrottare pensieroso della fronte.

– Lei mi sta accusando di averli uccisi, vero?

– Non sono io che l'accuso, signora Zed. Le prove che abbiamo raccolto…

Lei sprofondò nella Driade Cocky bianca disegnata dal geniale Fabio Novembre e annuí.

– Non si affanni, dottore. Non c'è bisogno. So che senza il mio… contributo non arrivereste da nessuna parte.

– Nun è proprio cosí… – s'inserí Deborah.

Irina sussurrò quindi un quasi impercettibile: – Va bene, vi dirò tutto.

Cianchetti faticò a contenere la soddisfazione. E anche il pelo d'invidia: e pure 'sta volta il contino se stava a porta' lo scalpo a casa.

– La ascoltiamo, signora.

Lei annuí di nuovo. Un velo di nostalgia sul viso, poi una profonda tristezza.

– Marianna, la mia madre adottiva, era una donna gentile, dolce, e nello stesso tempo forte. Tito non le era mai piaciuto. Diceva che c'era qualcosa di strano in lui. E aveva ragione. La prima volta che siamo stati insieme... voglio dire, che abbiamo fatto sesso... ma allora io pensavo che fosse amore, credetemi... avevo quattordici anni.

Irina fissò Deborah, come in cerca di solidarietà femminile, e la poliziotta, che coi criminali non era mai stata tenera, provò un brivido. Ripensò ai suoi quattordici anni, ai primi turbamenti, a come aveva rimesso al loro posto i maschi, a quello che lavorava al bar dei napoletani, all'angolo del viale coi platani, a quanto aveva desiderato baciarlo e a quanto aveva temuto quel momento, che poi non s'era presentato. Come avrebbe reagito lei, se le avessero messo le mani addosso, allora? Quasi quasi le veniva voglia di abbracciarsela: 'sto porco, quattordici anni c'avevi! Poi però pensò: sí, ma c'hai messo un'eternità a vendicarti. E questo nun sta bene. E si ripromise di conservarsi piú fredda, meno coinvolta.

– Ma neanche allora c'era stata violenza, – riprese Irina. – Tito non era uno che aggrediva. Lui parlava, accarezzava, rassicurava, seduceva, insomma, e alla fine ti ritrovavi nella rete. È andata avanti per anni. Marianna non ne sapeva niente, è chiaro, eravamo molto attenti a non farci sorprendere, ma lei, ripeto, ha intuito qualcosa. Ci siamo confrontate, piú volte. Lei... Marianna non mi ha mai esplicitamente detto di sospettare che noi... che Tito e io... Ma me l'ha fatto capire. E io sono stata spesso crudele con lei. Sí, crudele.

Irina si passò una mano sulla fronte, come per scacciare un ricordo angosciante.

– Poi è arrivata la maggiore età, sono diventata padrona della mia vita, i rapporti con Marianna si sono rasserenati, almeno cosí credevo. Lei diceva: be', è la tua vita, ma aggiungeva: guarda che certe cose poi le paghi col tempo, viene un momento in cui prendi consapevolezza. Dopo lei è morta, io ho continuato la mia vita, e...

– E? – sollecitò Manrico.

– Tutto sembrava andasse bene. Ma al ritorno dal viaggio in Giappone mi hanno chiamato dal tribunale.

– E le hanno consegnato gli effetti personali della sua madre adottiva.

– È stato allora, – ammise lei, a mezza voce, quasi trasognata, – quelle foto... Le ho già detto che Marianna era una grande appassionata. Quando mi hanno ridato la sua borsetta, c'era dentro la sua macchina fotografica. Con quelle foto non ancora sviluppate. Quelle foto...

– Di lei e Cannelli? – s'inserí Deborah.

– No, – rispose, secca, l'ucraina, – di Tito con...

– Con? – la incoraggiò Manrico.

– Un'altra Irina. Cioè, una ragazza come ero io a quattordici anni. Lui non aveva perso il vizio, capite? Pensavo di essere stata l'unica, la grande passione della sua vita, invece...

– E invece era un maiale seriale, – si lasciò sfuggire Deborah.

– Già, – Irina, di rimando, le sorrise, – è stato in quel preciso istante che mi sono resa conto di come non fossi stata che una delle tante... Una magari a cui prestare piú attenzione, forse perché ero brava nel mio lavoro, chissà, o forse Tito era davvero innamorato, di me come di tutte, non lo so, e non lo saprò mai. E avrei anche potuto passarci sopra. Certo, non volevo piú vederlo, non volevo piú avere niente a che fare con lui. Avevo capito che mi aveva rubato un pezzo di vita, mi aveva... plagiata.

Manrico annuí piano. Irina sospirò ancora. Cianchetti ripensò a Samantha della III C. Una morona vistosa che a un certo punto era sparita dall'orizzonte. Dicevano che s'era ritirata al paese, in provincia de Rieti. E invece s'era saputo che uno l'aveva violentata, e siccome era minorenne i genitori non ne avevano voluto sapere della denuncia. Poi era venuto fuori che addirittura glielo volevano fa' sposa', il torzo. Chi dice che era scappata, e chi che s'era buttata sotto il tram. E chissà quante ce n'erano, co' storie simili... Irina, intanto, continuava il suo racconto.

– Avrei ricominciato da un'altra parte, volevo lasciarmi tutto alle spalle. Ma... ho iniziato a farmi delle domande. Che cosa voleva farci con quelle fotografie, Marianna? A chi le stava portando? Come mai proprio quando lei aveva ottenuto le prove contro Tito una macchina pirata l'aveva investita? Era davvero frutto del caso?

– Ma che, ha pensato che lui l'ha ammazzata per non farla parla'? – osservò Cianchetti, incapace di trattenersi.

– Lo ha ammesso! – sbottò Irina. – Qui, proprio in questa stanza! Sei stato tu, gli ho detto, e lui ha allargato le braccia.

– Be', non è proprio un'ammissione, – insinuò, sommessamente, Manrico.

– A me è bastato per capire che era stato lui.

– Sua madre... la sua madre adottiva, – proseguí il magistrato, – si stava recando da un investigatore privato. Gli aveva dato incarico di raccogliere prove sul conto di Cannelli. Avevano appuntamento quella sera in cui lei è stata investita. Ma potrebbe essersi comunque trattato di una fatalità.

– Non lo credo, – ribatté lei, ostinata, – e comunque, a quel punto non aveva importanza. Ho compreso di essere stata cieca. Una stupida gattina cieca. Lui mi aveva rubato la vita, e io intendevo riprendermela.

Irina scese nei dettagli, senza che né Manrico né Deborah avessero bisogno di sollecitarla.

Aveva finto di credere alla buona fede di Tito.

Per lui quelle foto erano solo prova di «una sbandata di tanti anni fa».

Quando lui le aveva chiesto in che modo avrebbe potuto dimostrarle che lei restava la donna della sua vita, Irina gli aveva detto «sposami», e l'industriale della moda aveva acconsentito svelto, certo di essersela cavata con poco.

Dal viaggio in Giappone le era venuta l'idea della vespa assassina.

– Non avete idea di quanti di quegli esserini si aggirino nelle nostre città, – spiegò, e a Manrico tornò in mente l'amico entomologo. – Mi è bastato farmi un giro in uno dei tanti parchi della nostra meravigliosa Roma...

– Non mi convince, – fece notare Deborah, – il calabrone punge, e fa male, e lei invece...

– Forse dovrei ringraziare Černobyl', – precisò Irina, – pare che numerose specie animali provino una notevole repulsione per la mia persona... In ogni caso, la bestiola una punturina è anche riuscita ad affibbiarmela, ma nessuno ha controllato...

L'abisso nero nello sguardo di Irina si andava lentamente trasformando in una sorta di fuoco distruttore. Anche questo era già successo a Manrico: se non c'era futuro, era nella memoria delle azioni trascorse che si annidava l'energia ormai spenta.

Aveva approfittato delle circostanze e giustiziato Tito nel modo piú spettacolare. Beninteso, al posto del cortisone la vittima aveva ingerito una comune aspirina. Era stata la stessa Irina a provvedere alla sostituzione dei farmaci.

– Lei ha lasciato che Lorenzo Righi venisse sospettato, – le ricordò Cianchetti.

– Ah, se Mainz non avesse scelto proprio quella sera per incontrare di nascosto i francesi, la morte di Tito sarebbe passata per un incidente. Ma l'avvocato vi ha mentito, voi avete indagato…

– Eppure, se lei non avesse ucciso Mainz, in un modo o nell'altro, la cosa sarebbe finita lí…

– Mainz meritava di morire, giudice. Era uno di quelli con cui… Crede che Tito si limitasse a venire a letto con me? O magari con le altre ragazze? Lui e Mainz le cose le facevano insieme. Doveva pagare anche lui…

Deborah si sorprese a specchiarsi negli occhi, ora torbidi e incattiviti, di Irina. Ma che cosa t'hanno fatto… E la solidarietà si riaffacciò, impetuosa.

– Quindi, – intervenne il magistrato, – è andata da Mainz con un pretesto, lo ha drogato e lo ha ucciso.

– Volete conoscere un particolare buffo? Ci sono andata in metropolitana. Quello scannatoio dove incontrava le sue amichette e le sue mignotte era a due passi dalla fermata Battistini…

Ora lo sguardo di Irina fiammeggiava. Manrico si chiese quando sarebbe tornato a spegnersi. E che cosa avrebbe fatto lei, allora.

– Perché ha portato via il cellulare di Mainz?

– Non c'era motivo di prendere quello stupido telefono. Ma voi ve lo siete domandato e non trovavate una risposta, vero? Ecco perché l'ho fatto. Per creare confusione.

– A questo punto ci dica di Jacky, – azzardò Cianchetti.

– Uno stupido. Mi ha ricattato. E, credetemi, avrei anche pagato. Solo che… anche lui voleva qualcosa di piú.

– Che cosa?

– Non lo indovini, cara? Soldi, un lavoro e fare una cosetta a tre con me e la sua ragazza… E magari a quattro con qualche altra marchetta come lui. Era un piccolo schifoso bastardo, se volete la mia opinione.

Cosí aveva finto di acconsentire alle sue richieste. Si erano visti in quella strada – ancora una volta un indirizzo sul percorso di una linea della metropolitana – e lei si era fatta consegnare il cellulare.

– Non era il telefono giusto, – sottolineò Cianchetti.

– Ma non potevo saperlo, – si giustificò lei.

Gli aveva sparato. Era rientrata a casa.

– Troverete la pistola in cassaforte, nella mia camera da letto. Apparteneva a Tito Cannelli. Curioso, vero? Ah, sempre nella cassaforte ci sono le fotografie, quelle che ho recuperato dopo il viaggio in Giappone.

Restarono per qualche istante a fissarsi. Con estenuante lentezza, la luce che aveva lampeggiato nello sguardo di Irina si spense, e i suoi occhi tornarono opachi e amorfi.

Deborah Cianchetti non sapeva che pensare. Senza la confessione, ovvio, il caso non sarebbe mai stato risolto. Ma per Irina provava ora un profondo senso di rispetto. La vendetta è un sentimento serio, lei lo capiva benissimo, e stava d'istinto dalla parte delle vittime. E in questa storia Irina era la prima vittima. A lei s'era rotto qualcosa dentro. No, meglio: le avevano rotto qualcosa dentro. E il meccanismo non c'era stato modo di ripararlo. Gli ultimi anni li aveva vissuti co' 'na pecetta, ma poi le pecette cascano, e la torre crolla, e il mondo va a scatafascio. Non c'è futuro pe' sta' ragazza, decise la poliziotta, per quanti anni le possano dare, l'inferno se lo porta già dentro, e nun ce sta via d'uscita.

– Ora dovrebbe venire con noi, – disse Manrico, con la massima delicatezza, – raccoglieremo a verbale le sue dichiarazioni, con l'assistenza di un avvocato…

– Non credo che ce ne sarà bisogno, – flautò lei, e di nuovo gli occhi si accesero, stavolta di una luce beffarda.

– Ma perché? – trasecolò Deborah. – Ci ha detto tutto, vale comunque, non è che può sperare di cavarsela!

– Ma io non spero niente, cara, – la rassicurò lei, – anzi, è esattamente l'opposto. Non me ne importa piú niente di niente.

In seguito, il magistrato e la poliziotta avrebbero visto e rivisto, esaminato e riesaminato, discusso e ridiscusso mille volte la sequenza finale di quella vicenda triste, solitaria e disperata. E mille e mille volte si sarebbero domandati: potevamo fare qualcosa di diverso, potevamo fare di piú?

Ma non c'era risposta a una simile domanda.

Restavano, nel loro cuore e nella loro mente, le immagini.

Irina si alza, li fissa, sorride.

Prima che possano abbozzare una qualunque reazione, lei è già oltre la porta-finestra.

Irina scavalca la balaustra.

Si volta a guardarli, sembra che non abbia smesso di sorridere.

Si getta di sotto.

Epilogo

– Floria Tosca è una grande artista, e ama il pittore Mario Cavaradossi. Lui protegge un patriota fuggito dalle galere papaline. Siamo nel 1800, Roma attende Napoleone il liberatore. Per gelosia, Tosca denuncia Mario, che viene condannato a morte. Poi, pur di salvarlo, è disposta a concedersi al truce barone Scarpia, capo della polizia. All'ultimo momento, quando lui sta per possederla, lo pugnala a morte. Quindi corre ad assistere a quella che doveva essere la finta esecuzione dell'amato. Ma l'esecuzione è vera: Scarpia ha ingannato Tosca, facendole credere che avrebbe liberato il suo innamorato. Cosí Mario viene davvero fucilato. Tosca, disperata, si getta dagli spalti di Castel Sant'Angelo.

E dunque, spiegò Manrico a Vera Grant, alle prese con il secondo whisky, anche in questo caso l'opera c'entrava. E c'entrava la vendetta. Al principio, sbagliando, Manrico aveva pensato che il vendicatore fosse Lorenzo Righi. Invece, era Irina la Tosca della situazione.

– Irina ci ha detto che non c'era stata violenza, da parte di Cannelli. Non violenza fisica. Una pressione continua, piuttosto, che per la legge equivale a violenza morale. È esattamente la tesi difensiva, se vogliamo chiamarla cosí, di Scarpia, quando pone Tosca di fronte all'alternativa: ti concedi e salvi Mario, o ti neghi e lui muore. È una tua libera scelta: «Violenza non ti farò», assicura lui. In realtà, la sta già esercitando, ed è la violenza peggiore, perché scarica la responsabilità sulla vittima: sei tu che pronunci, liberamente, la tua condanna... E poi, dopo aver accoltellato Scarpia, Tosca esclama: «Questo è il bacio della Tosca». Mentre Tito Cannelli agonizzava, Irina l'ha baciato. L'opera non mente, Vera.

– Be', in realtà il bacio gliel'ha dato il calabrone...

Manrico alzò le braccia.

– Povera Irina, – riprese Vera, – d'altronde, col suicidio si è sottratta al processo e alla giusta pena.

– Figurati se una persona disposta a morire, – osservò il contino, scuotendo la testa, – ha paura del carcere.

Era stato difficile convincere Vera a bere un drink insieme, ma ci era riuscito. Dopo tutto quello che era accaduto, i francesi si erano finalmente impadroniti della Cannelli. Lorenzo era rimasto solo e incontrastato al timone dell'azienda. Nella sua nuova collezione aveva lanciato mantelli da sera in tonalità di scarlatto cupo, con striature di nero satinato, e bavaglio e cordoli che ricordavano la toga della gente di legge. L'effetto, nonostante l'impiego di stoffe pregiatissime, restava drammaticamente tetro.

– Alla fine, – rise Vera, – una cosa buona l'hai fatta: puoi vantarti di aver influenzato l'ultima creazione del grande Lorenzo Righi.

– Devo scusarmi con te.

– Non farlo. Abbiamo trascorso insieme dei bei momenti, ma, appunto, sono passati. È stato bello rivederti. Chiamami, se capiti a Milano.

E Manrico si ritrovò solo.

Finiva cosí, dunque. In calando, a sfumare, su tonalità in minore. L'impertinente ragazzetto del *Piperito* – Vera nutriva un'autentica passione per quel locale – ritirò i bicchieri.

– Un'altra serataccia, eh, giudice?

Manrico considerò di nuovo l'ipotesi di un'ispezione della Finanza. Quel giovanotto era davvero irritante. Poi realizzò.

– Scusi, come mi ha chiamato?

– Giudice, magistrato, lei è il papà di Alex, no? Alex Spinori…

– E lei…

– Suo figlio è un grande. I pezzi che fa co' quella pischella, Rachele, so' forti assai… Davvero, secondo me Alex c'ha talento. Anzi, sai che le dico, giudice? Visto che 'amo rotto il ghiaccio, stasera offre la casa!

Ispezione rimandata sine die. A quale padre non farebbe piacere sentir lodare il proprio unico figlio? Ecco, una piccola soddisfazione per lenire la malinconia della solitudine.

Squillò il cellulare. Era Cianchetti.

– Dotto', lo so che è l'ultimo minuto e nun se fa', ma…

– Dica, dica Deborah.

– Insomma, abbiamo deciso di mangiare una cosetta tutti insieme, siamo noi, io, Diego, Sandra co' Nico e Brunella, Gavina, e ce sarebbe pure una collega de Filippo, una professoressa universitaria di cinema…

– Deborah, non so se è il caso…

– *Pizzeria del Sole*, fra un'ora.

– Va bene, ma a una condizione.

– Quale?

– Offro io.

– Nun se ne parla, – scoppiò a ridere la poliziotta, e poi aggiunse, a voce bassa, – dottore, è 'na specie de festa, Nico e Sandra hanno definitivamente fatto pace, e cosí festeggiamo pure noi, anche perché se semo levati n'accollo de gnente! Oh, intesi: se c'ha una da portare, è la benvenuta, eh!

– Al momento sono solo.
– Mejo! Dice che sta professoressa è ’no schianto!
Eh no, l’appuntamento al buio no!
Ma poi: perché no?

Nota al testo.

La citazione a p. 30 è tratta dal *Don Giovanni* di W. A. Mozart su libretto di Lorenzo Da Ponte.

Le citazioni alle pp. 133, 134 sono tratte dalla *Bohème* di Giacomo Puccini su libretto di Giuseppe Giacosa e Luigi Illica.

La citazione a p. 235 è tratta dalla *Tosca* di Giacomo Puccini su libretto di Giuseppe Giacosa e Luigi Illica.

Ringraziamenti.

Enrico Alleva, Giuseppe Cascini, Ennio e Carlo Capasa, Stefano Canulli, Vittorio Fineschi, Carlo Fuortes mi hanno illustrato i giusti dettagli tecnici delle discipline di loro somma competenza. E molto di piú. Se non ho saputo farne buon uso, la responsabilità è solo e soltanto mia.

Questo libro è stampato su carta contenente fibre certificate FSC®
e con fibre provenienti da altre fonti controllate.

MISTO
Carta da fonti gestite
in maniera responsabile
FSC
www.fsc.org
FSC® C115118

Stampato su carta HOLMEN con fibra vergine
proveniente da foreste sostenibili
www.holmen.com/paper

Stampato per conto della Casa editrice Einaudi
presso ELCOGRAF S.p.A. - Stabilimento di Cles (Tn)

C.L. 25980

Edizione	Anno
2 3 4 5 6 7	2024 2025 2026 2027